ダッシュエックス文庫

JN178095

無双道化と忘却少女

～ふざけた愚か者が笑われた時、最強の逆転劇は始まる～

一ノ瀬乃一

プロローグ

「お父様があのようなパーティーを盛大に開いたせいで恥《はじ》をかいたではありませんか！」

満月の夜。とある豪奢《ごうしゃ》な屋敷の中で少女は両親に向けて声を荒らげていた。

だが、激昂《げっこう》する彼女を二人は微笑《ほほえ》ましく見守っている。

「いやそれは違うぞスフィア。お前が大勢の人に笑われたのはスピーチ中に内容を忘れて、壇上であたふたしていたからだ。可愛《かわい》かったなあ」

「優秀なスフィアちゃんの失敗なんてレアですものね。でも涙目で顔を赤くしてぷるぷる震えながらも、最後までやりきったのは立派《りっぱ》でしたよ。今日の失敗が次に活きる日も来るでしょう」

「うるさいうるさい！　次なんて来なくていいです！　お父様もお母様も大っ嫌い！　私を笑う奴《やつ》なんてみんな死んじゃえええぇッ！」

「スフィア！」

両親の制止をふり切って、スフィアは叫びながら廊下を駆け出した。

今日はスフィアの七歳の誕生日。

それを盛大に祝うべく彼女の父が大勢の貴族を屋敷に招いて大規模な誕生会を開いたのだが、

あまりに余計なお世話すぎた。なにが悲しくて見知らぬ衆人の前でスピーチを強要されたあげく、恥を晒《さら》さねばならないのか。

「いりません！　こんなの！」

苛立《いらだ》ったスフィアは両親からもらった誕生日プレゼントのリボンを頭から外して、自室の壁に投げつける。

ずっと前から欲しかった高級品で、朝に両親に「一生大切にします！」と満面の笑顔で告げた手前良心が痛んだが、結局スフィアはそのまま本棚の裏に隠れてふて寝していた。

「今日はまちがいなく人生最悪の日です……」

そうため息をついていると、屋敷の外から叫び声が轟《とどろ》いた。

「「「キャアアアァ！　イエェアアアアアアァッ！」」」

室内まで響くその奇声《きせい》にスフィアは思わず耳を塞《ふさ》ぐ。

この時間帯は外で道化師によるショーがあると聞いていた。

おそらく派手《はで》なパフォーマンスでもして観客を沸かせているのだろうが、彼女にとってははたやかましい。

(うるさいですね……私がおめでたい誕生会に頭がおめでたい連中を招くなんてなんの嫌がらせですか。……お父様たちが私を捜しに来たらもっと説教しないと)

ふて腐れながらも、なんだかんだスフィアは両親が来ることに期待していたのである。

(しかし、妙に暑いし息苦しいですね……)

そう違和感を覚えて本棚の裏から這《は》い出ると、なんと屋敷が炎上していた。煙が立ち上り、自室の壁や内装がごうごうと燃えている。

その唐突《とうとつ》な火事にスフィアはあんぐりと口を開いた。

「えええぇッ！　いくら私を屋敷からあぶり出すにしたって本当に炙《あぶ》り出す人がいますか！」

幸い床でまだ無事だったリボンをスフィアは慌《あわ》てて回収する。そして火の手が回る前に杖《つえ》を振るい、魔法で窓を割って脱出した。

しかしそこは出口ではなく、地獄の入り口だった。

屋敷の外の庭園では来賓《らいひん》した貴族たちの惨《むご》たらしい死体が散乱していたのである。

「なにこれ……本当にみんな死んでる……」

死体はどれも酷《ひど》い裂傷を負って血溜《ちだ》まりに沈んでおり、スフィアは目の前の惨状に呆然《ぼうぜん》と立ち尽くした。

それも当然、ふて寝している間に集団永眠など悪夢がすぎる。意味がわからない。

庭園の各所でも炎は燃え盛り、パーティーの装飾品が燃える様《さま》はまるでこの地獄の光景を祝う蠟燭《ろうそく》のようだった。

火の手が及んだ貴族たちの死体を燃料に炎の勢いはさらに増し、もはや誕生会とは真逆の火葬パーティーが開催されている。

「うっ……」

だがまだ生き残りがいたらしい。

倒れていた老貴族のうめき声を聞いてスフィアは我に返った。

もはや致命傷で助かる見込みはないが、それでも事情を聞くべく呼びかける。

「な、なにがあったのですか⁉　いったい誰がこんなことを……」

その時、視界の端に二匹の人型の獣《けもの》の姿が見えて、スフィアは思わず息を呑《の》んだ。

「お、狼《おおかみ》の獣人《じゅうじん》……？　いや、でも……」

通常獣人は言葉を喋《しゃべ》れて意思疎通《そつう》もできるのだが、目の前の狼男は明らかに理性がなかった。

血走った眼光でよだれを滴《したた》らせ、鋭い牙《きば》で貴族たちの死体を食い荒らしている。死体の裂かれた傷口からして、その尖《とが》った爪《つめ》で貴族たちを引き裂いたのはまちがいない。

スフィアが慄《おのの》いていると、傍《かたわ》らの今際《いまわ》の際《きわ》にある貴族が虚《うつ》ろな目で呟《つぶや》いた。

「……違う……ウォンゲム……」

「ウォンゲム？　やはりあれはただの狼の獣人ではないのですか……くっ！」

スフィアが聞き返した時にはもうその貴族は息を引き取っていた。代わりにその声を聞き取った狼男が勢いよく地を駆けてスフィアに迫って来る。

その素早い動きにスフィアは一瞬怯《ひる》んだが、余計な思考を放棄《ほうき》してすぐさま杖を振るう。

【ランスロット・レジル！】

瞬間、スフィアの杖から黒い槍《やり》状の魔弾が乱射された。

その鋭利《えいり》な切っ先は俊敏な狼男の全身を横殴りの雨のように貫《つらぬ》き、容赦《ようしゃ》なく二匹の狼男を血祭りにあげていた。

「キャオオオォッ……」

「はぁ……やった……！　誕生会を台無しにしたことを地獄で私に詫《わ》び続けるといいです……！」

断末魔《だんまつま》の叫びを上げて倒れた狼男にスフィアは一瞬口元を緩《ゆる》めたが、すぐに唇《くちびる》を噛《か》み締める。

両親の行方《ゆくえ》どころか生死不明の今、とても笑える状況ではない。捜す立場は最悪な形で逆転したのだ。

「とにかくお父様とお母様を見つけないと………」

そこでスフィアの表情が固まった。やがて青ざめ、硬直した全身が次第《しだい》に震えていく。

捜す必要も、捜すべき相手もたった今なくなった。

目の前の狼男の死体は、彼女がよく知る二人の姿に戻っていたのだ。

「う、嘘《うそ》……な、なんで、なんでぇッ！　い、いやあああああああああああぁッ！」

脳が理解を拒《こば》む現実に錯乱《さくらん》したスフィアの絶叫が響く。

もちろん獣から人に戻ろうが死体は死体。この世に戻ることはない。

槍の魔弾でずたずたに引き裂いた両親の亡骸《なきがら》の傷が、スフィアの心の傷となって彼女を蝕《むしば》んでいく。まさに記憶に焼きつくような絶望がここに顕現《けんげん》した。

だが、スフィアは一年後にはもうそのことを完全に忘れていた――

第一章　道化の無双は笑えない

【ハイルフレア】

そうスフィアが退屈そうに呟《つぶや》いた瞬間、彼女の杖《つえ》先から炎が燃え盛った。

演習場に設置された的《まと》に炎系の魔法を命中させる『魔法学』の授業。他の生徒の火はボヤ程度だが、彼女の的は業火《ごうか》によって一瞬で灰《はい》と化していた。

十四歳の少女が放つ魔法としては明らかに異彩。

現にそばにいた年増《としま》の女性教諭のソクシーは眼鏡《めがね》をクイッと上げ、その結果に恍惚《こうこつ》とした表情を浮かべていた。

「す、すばらしい。ミス・ユニオール。今期の一年生でこれほどの上級魔法を扱える生徒は貴方《あなた》ぐらいでしょう」

その反応からしてこの授業の評価は断トツだろう。周囲の生徒からも賛辞《さんじ》が飛ぶ。

「やっぱりすごいわ……流石《さすが》はスフィアさん」

「お、俺じゃあんな魔法、一生かけても使えねえよ……」

絶賛も当然。唱《とな》えるまでの洗練された杖の所作《しょさ》。目標まで微塵《みじん》もブレのない炎の軌道に盛大な炎上と、過程から結果まで全《すべ》てが完璧《かんぺき》だった。

いや優《すぐ》れているのは魔法だけではない。

スフィアは名門貴族であるユニオール公爵家の長女。社会階級でも上澄《うわず》みだった。

容姿も見事に整い、制服の黒いローブもさらりと着こなしている。頭には赤いリボンを飾り、その月のように輝く瞳《ひとみ》と流星が描く線を束ねたような鮮やかな銀髪は、人の目をひととき奪う理由としてはあまりにも十分だった。

ただの平凡な授業風景を、魔法ひとつでここまで華《はな》やかにできるのは彼女ぐらいだろう。

そしてその称賛ムードを、

「いくら無能だからってこの程度の魔法で騒がないでくれる？　目障《めざわ》りだわ」

言葉ひとつで台無《とげ》しにできるのもまた、彼女ぐらいだろう。

美しいバラには棘があるとわからせる鋭い視線。

これ以上騒げば次はお前だと、標的にされかねない威圧《いあつ》感。

その致死《ちし》性の毒舌《どくぜつ》でまさに皆殺し。周りは完全に静まり返っていた。

「チッ」

そしてとどめの露骨《ろこつ》な舌打《したう》ちは、この現場にいた誰もがスフィア・ユニオールは魔法の力量に問題なし、性格は問題大ありと評価をくだすとどめとしても、あまりにも十分だった。

だが、誤解が一つあるとすれば、

（……うぅ、ちがうんです。そんなつもりではないんです……）

その悪態《あくたい》とは裏腹《うらはら》に、スフィアの内面は極《きわ》めてもろく温厚だったことだ。

ヴェルヘミア魔法学院。

魔法大国であるヴェルヘミア王国の王都にある全寮制の学院で、端的《たんてき》に言えば魔術師の養成学校だ。

創立四百年の歴史を誇り、十四歳で魔法が扱えれば誰でも入学可。六年制。

広大な敷地に風格ある設備を有し、教師陣に実績ある魔術師を据《す》えたことで、生徒や保護者からの人気も高い。卒業後の進路も実に華々《はなばな》しい。

もちろん入学して間もないスフィア・ユニオールにとっても憧《あこが》れの学校だった。そこで充実した学院ライフを送ることこそ彼女の夢だったのだ。

(結果はこれですけど……)

見事に周囲から避けられている現状に、スフィアは内心で嘆息《たんそく》する。

先ほどのあの悪態を見ていた者なら、きっとそのしおらしい様子に触れれば面食《めんく》らうか偽者《にせもの》かと疑うだろう。

別に彼女は二重人格ではない。むしろ幼《おさな》いころから内向的な性格で、隙《すき》あらば一人で隅《すみ》っこにいた。

だが、ヴェルヘミアの学院生活でそれは致命的。いくら実力があろうと協調性が欠けた人間の評価は当然下がる。

そんな弱気な自分の性格を、スフィアは入学前になんとか改善したいと考えていた。

そして運命の悪戯《いたずら》かあるいは悪意か。

本の虫だった彼女が祖父の屋敷の書庫を漁《あさ》っていた時、とある古ぼけた魔導書を発見したのだ。重厚感があり、表紙には見たことのない魔法陣が描かれていた。

表題は『弱気な自分にさよならを』。

「これです！」

見た瞬間、ビビビッ！　とスフィアの脳裏《のうり》に閃《ひらめ》きの稲妻《いなずま》が走った。

まるで自分のために書かれたかのような魅力的な表題。それに惹《ひ》かれて目を通すと予想通り、いや期待通りに魔法で自分の性格を強化するための手引きが書かれていた。

（フフフ、ついに来ましたね。私の時代が……！）

そうしてスフィアは嬉々《きき》として疑うことなく魔導書の指示に全て従い、

――見事に呪《のろ》われた。

彼女の開いたそれは『呪縛書《じゆばくしよ》』といわれる、読んだ者の身体《からだ》に呪縛を刻《きざ》みつける呪いの魔導書だったのだ。

それ以来、スフィアの生活は一変した。

人の目を気にせず、周囲に対しての口調も強くなった。強気な性格に相応の実力をつける効果まであり、魔法の力量も上昇して入学試験も余裕の首席合格。

だが、成果は文句がなくても、日常生活には文字通り文句しかない。

彼女に刻まれた呪縛は『悪態強化』という代物《しろもの》だった。

自分の意思に反して喋《しゃべ》る内容が勝手に高圧的になり、ひどい時には暴力さえ振るう。さっきも褒《ほ》められた時に本当は「それほどでもないですよ」とニヤけ顔で謙遜《けんそん》したかったが、『いくら無能だからってこの程度の魔法で騒がないでくれる？　目障りだわ』と勝手に悪意的に翻訳《ほんやく》されたのである。

性格を強化どころか悪化。協調性が欠けるどころか爆散。

（本当にどうすればいいんですかこんなの……）

投げやりになっても口にすれば罵詈雑言《ばりぞうごん》しか出ないので、迂闊《うかつ》に愚痴《ぐち》さえ呟けない。まさに口は災《わざわ》いの元。おかげさまで今日もクラスで孤立。口が悪いからばつも悪い。性格がまずいから空気も気まずい。

しかも呪縛書本体が呪縛としてスフィアの体内に取り込まれたため、現物の呪縛書はもう存在しないのだ。解呪《かいじゅ》も呪縛を支配する術も未《いま》だろくに見つからず、今日も充実とは真逆の憂鬱《ゆううつ》学院ライフなのである。

そうスフィアが落胆していると、前方から叫び声が聞こえてきた。

「はああッ！　ハイルフレア！」

それはクラスメイトの男子が的に向けてスフィアと同じ魔法を放つところだった。

流麗《りゅうれい》な金髪にそれなりに整った顔立ち。目の下に三角の赤い痣《あざ》がある。平民出身で名前は確かケウド・フラガーだったか。クラスの中でも変に悪目立《わるめだ》ちする生徒だったので、スフィアも覚えていた。

まさか平民が上級魔法を唱えられるのかとスフィアは一瞬目を見張ったが、

「ぬおおおおッ」

とんだ勘違《かんちが》いだった。

ケウドはただ大仰《おおぎょう》に杖を前に突き出して叫んだだけだったのである。杖から炎自体が生まれてないのだから、もちろん的はピクリともしない。代わりにスフィアの表情がピクピクと引きつっていた。

（なにあれ……）

「どうやったらあんな無様《ぶざま》な醜態晒《しゅうたいさら》せるわけ……？」

スフィアは慌《あわ》てて両手で口を塞《ふさ》ぐ。

素直に呟いた感想も、呪縛にかかれば一瞬で誹謗中傷《ひぼうちゅうしょう》に早変わり。

しかし、この彼女の暴言は注目されなかった。それどころか、周囲の生徒も堪《こら》えるように片手で口を塞いでいる。

だがそれも限界だったのか、堰《せき》を切ったようにどっと笑い声が起こった。

「あははは̇ッ！　なんだよそれー」

「プププッ、ケウド君には無理だって。身の程を弁《わきま》えなよー」

木を隠すなら森の中。スフィアの暴言は他の生徒の侮辱《ぶじょく》にまぎれて目立たなかったようだ。

その代わりに一躍《いちやく》、あのケウドという少年が注目を集めている。

「くそおおッ！　なぜだ！　なぜ俺にはできねえッ！」

ケウドが地面に両拳《こぶし》を叩《たた》きつけ、その様子にますます周囲は腹を抱えて笑い転げていた。

一方でソクシー教諭は眉間《みけん》に皺《しわ》を寄せ頭を抱えて嘆《なげ》いている。的は無理でも手は焼けるらしい。

「フラガー、挑戦する姿勢は感心しますが……悪ふざけはおよしなさい。貴方に上級魔法は無理です。しっかり身の丈《たけ》にあった魔法を使うように」

「わっかりました！　……はあぁぁフレアアァッ！」

危うくスフィアはズッコケそうになった。

ケウドが勢いよく唱えたのは、子供でも扱えるような初級魔法だった。スフィアが生み出した炎に比べると、ひどく矮小《わいしょう》な火の玉だ。

しかも、それすらも出来損《できそこ》ない。のろのろとあくびができる速度で的に当たった瞬間、ボフンと火の玉がかき消えたのだから救いようがない。むしろ周囲の騒ぎに火をつけていた。

「しょ、しょぼおぉ！　やっぱりすごいわ……流石はケウドくん！」

「お、俺じゃああんな魔法一生かけても使えねえよ……プハハハッ！　フ、フヒーッ！　う、生まれるーッ！」

（ひ、ひどすぎます……）

クラスメイト全員が悪態強化にかけられてるんじゃないかと疑ってしまうぐらいの嘲笑《ちょうしょう》。

そして賭博《ばくち》で致命的な敗北を喫《きっ》したように、ケウドはまたオーバーに地面に崩《くず》れ落ちた。

「なぜだ、なぜこうなる！　う、う、ぬおおおおぉッ！」

叫ぶケウドにまた生徒たちが笑い出す一方で、スフィアの表情は完全に引きつっていた。

（か、勘弁《かんべん》してください……）

端《はた》から見ている分には滑稽《こっけい》で愉快《ゆかい》だろうが、流石にここまで酷《ひど》い道化の無双《むそう》は笑えない。

悪態強化の呪縛は嫌悪感を持つ相手にはさらに効力が強くなる。

彼と迂闊に会話すれば普段以上の暴言どころか、下手したら手が出かねない。いくら孤立しているとはいえ、スフィアも暴力沙汰《ざた》で退学は流石に嫌だった。

（どうか、関《かか》わり合いになりませんように……）

そんな少女のささやかな願いが跡形《あとかた》もなく踏みにじられるのは、その翌週のことである。


見事に学院デビューに失敗したスフィアは、早々に方針転換を図っていた。

孤立が避けられないのなら、目指すべきは孤高なのだと。すなわちクール系パーフェクトビューティーだと。

今の呪縛効果も重なった圧倒的実力があれば、一人でぽつんとしていてもぼっちに思われない。あえて孤高の道を選ぶような気高き印象を与えられる。少なくとも彼女はそう思っていた。

一人でいるのは元から得意分野なので充実《おつくう》ライフを諦《あきら》めたら諦めたでそれはそれで楽。燃やした的のせいで妬《ねた》み嫉味の的になるのは億劫だが、彼女も承認欲求がないわけではないので称賛《しょうさん》されるのは素直に気分が良い。

（そう、私は才能ある一匹狼《おおかみ》。群れる気はさらさらないんです……）

呪縛の効力に引っ張られて内面もグレ気味の一匹狼だが、一つだけ致命的な失念《しつねん》があった。

「よし、ペアは決まったかー」

「っしゃーッ！　俺とスフィアの最強無敵コンビ結成だぜ！」

「…………………」

授業でペアを組まされる時、余り物は必然的にもう一人の余り物と組まされるのである。

ヴェルへミアの国境沿いにある大森林。

そこに魔法学院の一年生が、『討伐術《とうばつ》』の試験のために出向いて集まっていた。

そして、その試験の際に課された最初の条件が二人一組のペアを組むこと。スフィアにとって試験の内容よりその前提条件の方がはるかに難題だった。

よほど罵倒《ばとう》されたくないのか、誰もが彼女を避けていたのである。

試験である以上、当然ペアには自分の足を引っ張らない相手を選ぶ。

ババ抜きで開始と同時に他全員がペアを出して勝ち抜けすれば、必然的に自分の手元には敗北へ導く道化師《ジョーカー》のカードしか残らない。

そして今、スフィアのもとに残った余り者の道化師の名は言うまでもなく、あのふざけた落ちこぼれのケウド・フラガーだったのだ。

「め、めまいがするわ……」

陰《かげ》でクラスメイトたちが失笑しているのがわかる。いつもとは違う注目に、妬みの視線の方がどれだけマシだったか、スフィアは痛いほど思い知らされた。

そんなフラついている彼女の姿を見て、ケウドは心配そうに眉《まゆ》をひそめた。

「おいおい、そんな調子で大丈夫かよ。頼むから俺の足を引っ張らないでくれよ？」

「私のセリフよ！　まったく……なんでここまで魔法の才能のない平民が、この学院に入学できたのか不思議で仕方ないわ！」

（本当にどうやって入学したんでしょうこの人は……）

呪縛の効力で自然に暴言を吐きながらも、スフィアは疑問で仕方なかった。

この世界で魔法を扱える人間は少数派。

だから、悪《あ》しき魔術で人間界を脅《おびや》かす魔王軍に対抗するため、魔法を使えるだけで身分問わず入学させるのはまだわかる。

だが、このヴェルヘミア魔法学院に所属する生徒の大半は、魔術師として優秀な貴族。平民が通うならそれ相応の実力者である必要があるが、見た限りケウドはどう考えても最低限の実力さえない。不正入学の方がまだ納得できる。

（腐った卵を温めてもなにも孵《かえ》らないでしょうに……あまりに残酷すぎます）

勘違いした落ちこぼれを笑い者にすることで、反面教師として他の生徒たちの意欲でも高めるつもりなのだろうか。他も腐るだけではないのかと学院の教育方針をスフィアが邪推《じゃすい》していると、『討伐術』の試験担当のマルコス教諭が生徒たちに声をかけていた。

「そろったな。さっそく試験を開始するぞー」

長身でがっしりとした体つきをした黒髪の男で、魔術師としてももちろん実力者。生徒たちとの距離が近いからか評判の良い教師だった。

もっとも悪態で返してしまうスフィアにとっては距離を置きたい相手なのだが。

「お前たちには今日、この森林で俺が用意した試験用の召喚獣《しょうかんじゅう》を討伐してもらう。その数や強さで評価が大きく左右されると思ってくれ。中には危険な召喚獣もいるが、まずいと思ったら魔弾を打ち上げてくれればすぐに救助に向かうからな。では、狩りの時間だ！」

マルコス教諭の一声でさっそく試験スタート。

森に潜む召喚獣を狩るべく、生徒たちは次々と足を踏み入れていく。

もっともルートは決まってなくて人それぞれ。召喚獣が森に残した痕跡《こんせき》を探りながら進む者もいれば、おこぼれに預かろうと先行者を追跡する者もいる。落ちこぼれを預かるスフィアにとって、簡単な試験ではないのは間違いない。

(……決まったものは仕方ありません。ハンデだと思ってがんばりましょう私！)

ケウドを連れて成績トップで終われば、普通に試験を受けるよりもまちがいなく評価される。

そう考えぎゅっと両手を握って、めらめらとスフィアは自分を奮《ふる》い立たせていたが、

「ところでスフィア。今日の試験って何をすればいいんだ？」

論外がそこにいた。

一人きょとんと首を傾《かし》げるケウドに、早くもスフィアの心がへし折れた。あの豪語はなんだったのか、マルコス教諭の説明は何一つ彼の空《から》っぽの頭に入っていなかったらしい。

周囲の生徒たちが失笑を堪えて、同情する視線を送りながら森の闇《やみ》に消えていく。スフィア

も恥《は》ずかしくて今すぐこの場から消えてしまいたかった。

そしてまだ愕然《がくぜん》として足を動かせないでいる彼女に、ケウドはとどめを刺した。

「おいおい、なにぼんやり突っ立ってんだよ。しっかりしろよ。ったくしょうがねえな……」

「キエエエエエエェッ！」

「グエエエェッ！」

気がついた時にはスフィアは叫びながらケウドを殴っていた。

しかしこれは致し方なし。呪縛の効力関係なしに流石にイラッとした。

無能な部下に戦力外通告を即座に言い渡せない環境の上司の気持ちが、今ならスフィアでも痛いほどわかる気がした。

「……マルコス先生。召喚獣を討伐したんですけど、これ何ポイントですか？」

そう言って真面目《まじめ》な顔でケウドをズルズル引きずって連れてくるスフィアに、陽気で評判のマルコス教諭の顔がみるみる引きつっていったという。

「なんでこのバカのせいで私まで減点されなきゃいけないのよ……！」

薄暗い森の小道を歩きながら、スフィアは苛立《いらだ》ちが収まらなかった。

『な、なんてことを……』

その前代未聞の暴力行為に顔を真っ青にしたマルコス教諭は、試験官としてスフィアたちのペアに大きく減点措置《そち》を施《ほどこ》した。

特にスフィアに対しての個人評価が大きく減点。言うまでもないが、彼女の中でケウドの評価は奈落《ならく》の底に落ちて、今にも地獄にたどり着こうとしていた。

「それで召喚獣ってなんだ？」

なにせ試験に集中したくても、意図的な妨害を邪推するレベルで彼の存在が邪魔である。

「なんでそんなことも知らないのよ……アンタを育てた親の顔が見てみたいわ」

さぞかし心労で参っているだろうと同情しながら、スフィアは大きく息を吐く。

始めは怒鳴っていたスフィアももはや疲労感の方が強く怒る気力もなくしていた。無視したところで拷問《ごうもん》のような質問責めを食らうので、結局答えるしかない。

「術者が魔力で召喚して生み出した化け物のことよ。例《たと》えばほら」

そうスフィアがひょいと杖を振るうと、木の上からぽとりと小鳥が落ちてきた。

魔法の才能のない平民にはわからないだろうが、スフィアは杖から目にも留まらぬ速さで【レジル】と呼ばれる魔弾を射出して小鳥を仕留《しと》めたのだ。魔法がわかる貴族なら間違いなく称賛の嵐だろう。もっとも平民のケウドは……以下略。スフィアは説明を続ける。

「こうした鳥や獣《けもの》、または人、あるいは巨大ゴーレムが出てもおかしくないわね。この森林にいる召喚獣はマルコス先生の魔力で作られたから、活動を停止させればこんな風に消滅するの」

現に目の前の小鳥はその姿をかたどるのをやめて、魔力の粒子《りゅうし》として空気中に水泡が弾《はじ》けるように消えていった。

「こうして討伐された召喚獣の情報は術者にも伝わるわ。今ごろこの討伐した小鳥の点数が誰かさんのせいで出遅れた成績に加算されてるってことね」

　そうスフィアはジロッと睨《にら》みつけたが、ケウドは怯《ひる》むどころか憐《あわ》れむように肩をすくめた。

「おいおい、そんなに自分を卑下《ひげ》するなよ。お前のせいで出遅れた成績は俺が取り返してやるからさ」

「ア・ン・タ・の・せいで出遅れたんでしょうが！」

「ぐえエーッ！」

　怒る気力をなくしても隙あらば火に油を樽《たる》でぶち込んでくるから関係ない。【ハイルフレア】よりも強い怒りの炎がスフィアに燃え上がっていた。

　そしてスフィアに殴られて、また面白《おもしろ》いようにケウドはふっ飛んでいく。スフィアは思わず心の中で目をつむった。

（あ……またやってしまいました……）

　本日二度目。彼女が人生でここまでの暴力を振るったのも二度目。三度目が来るのはそう遠くない気がして、退学までの道のりがさらに近くなった気がして、スフィアは頭痛で意識が遠のきそうだった。

「まったく……温厚な私だからまだいいけど、王族の前でそんな無礼な真似《まね》したら即刻縛《しば》り首だから。いいえ、もう私がこの場で絞《し》め殺してあげたいくらいよ」

「お、温厚な私はどこへ？　お前も人のこと言えないだろ……」

　流石に二度も殴られて参ったのか、ケウドもぐったりしていた。

まあ口で言われて手を出したのだからこちらの方が非が大きい。今度はケウドにこのまま文句を言われる番かと少し身構えたのだが、

「でもあんな悪態ついている割には意外に優しいんだな。こんな丁寧《ていねい》に教えてもらえるなんて思ってなかった。ありがとう」

そう礼を言われて思わずスフィアは面食らった。まさか殴った後に感謝されるとは思いもしなかったのである。

(呪縛で口が悪くなってから……初めてそんなことを言われた気がします)

思えばほぼほぼ原因はケウドにあるにせよ、どれだけ罵倒してもケウドはへこむことも怒ることもなかった。実力もないのに粋《いき》がる典型的な身のほど知らずではあるけれど、ただ致命的に馬鹿《ばか》なだけで、根はそれほど悪くないのかもしれない。

もっとも、そんなことを言われてもスフィアは呪縛で優しい言葉はかけられないのだが。

「感謝する暇《ひま》あるなら身の程を弁えて、せめて常識ぐらい身につけなさい。どうせヴェルヘミアの王子の名前も一人も挙げられないんでしょ?」

「………ヴェルヘミア?」

きょとんと首を傾げるケウドに、流石のスフィアも言葉を失った。

「そこから⁉　自分の住んでる国でしょうが！　自分の名前わかるアンタ?」

「さ、流石に冗談だって。ところでさっきの召喚獣の小鳥はどうやって見つけたんだ?　木の上で完全に死角だったと思うんだけど」

露骨に視線を逸《そ》らすケウド。露骨に話も逸らされた気がするが、深掘りして闇を見たくないので、スフィアもさっきのは聞かなかったことにした。

「はあ……本当に一から十というか、位置から獣まで説明しなきゃいけないようね。私が召喚獣の位置を特定できたのは魔気を感知したからよ」

「魔気？」

「魔力の流れのこと。魔法が関与《かんよ》した物体が動いた時は特にわかりやすいわ」

「？？」

露骨にケウドの頭の上に浮かぶクエスチョンマーク。スフィアはもう説明を放棄《ほうき》するどころか彼をどこかに廃棄《はいき》したくなったが、がんばった。

「手を軽く振っただけでも空気を感じるでしょ？　それと同じように召喚獣が動いたら魔術師ならその動いた魔力の流れを感じ取れるものなの。もっとも手を振っても触覚が鈍《にぶ》ければ空気も感じられないように、魔術師として論外のアンタじゃ魔気を感じ取れなくても無理ないけど」

「なるほど。地面の蟻《あり》に気づかないように、俺のような規格外の大魔術師だと小さい魔力の流れ程度じゃ感知できないってことか」

「嫌味すら感じ取れないのね……」

がくりとスフィアはうなだれた。ここまで来ると逆に大物のようである。

「じゃあ今歩いてる先に召喚獣がいるのか？」

「ええ。それもどんなに魔気に鈍感《どんかん》でも気づくというか、むしろこっちに来いって誘うレベルでわかりやすいのがね。でもこの森の中で魔気が一番大きいし、おそらく試験で一番点数が高い大型召喚獣だと思うわよ」

「けど……なんか変じゃねえか？」

「アンタの頭のことならとっくに知ってるわよ」

「真面目《まじめ》に聞けよ」

どの口が……！　と唐突《とうとつ》な叱責《しっせき》にスフィアは本当にキレかけたが、珍《めずら》しくケウドが神妙な顔をしていたので、思わず彼の話に耳を傾けていた。

「あと少しで着くのに、他の奴《やつ》らがその魔気の方に向かう気配がまったくない気がするけど」

「それは……確かにそうね」

スフィアも強い違和感を覚えた。

周囲に他のクラスメイトの気配を感じない。最初の頃は森の奥から召喚獣に向けて魔法を使用する音がしていたが、今はそれすらも聞こえなかった。

（確かに凄《すご》く強い魔気ですけど、挑《いど》む生徒がいてもおかしくないのに……）

「そりゃあ誰もいるわけねえよ。俺が結界を張ってるからな」

「！」

その突然聞こえた低い声の方に振り返った瞬間、スフィアの背筋《せすじ》が凍《こお》りついた。

「じゅ、獣人《じゅうじん》……？」

狼男がそこにいた。

獣人は人の姿に獣の特性が合わさっているのが特徴的な種族だ。目の前の狼男は狼の獣人だろう。

屈強な全身に灰褐色《はいかっしょく》の毛が生《は》え、狼のような顔つきで立ち耳と尻尾《しっぽ》を生やしている。口の間から覗《のぞ》く牙《きば》も鋭く、鋭利《えいり》に尖《とが》った爪《つめ》は人の肌《はだ》など簡単に引き裂けそうだ。

スフィアの額《ひたい》に冷や汗《あせ》が流れる。友好的な種族ならここまで警戒《けいかい》することはない。

だが、獣人は人間と戦争状態にある魔王軍に所属する魔族。このヴェルヘミアにいるはずのない、いてはならない存在なのだ。

「へー、これが召喚獣か。よーし、俺が軽くやっつけてやるぜ！」

しかし、バカにそんな常識と緊張感は通じない。

そう軽い調子で杖を構えるケウドにスフィアは思わず怒鳴った。

「バカッ！　できるわけないでしょ！　本当にヤバい敵よ！」

即座にスフィアは杖を頭上に向けて魔弾を打ち上げる。

なぜこんなところに獣人がいるのかわからないが、こうなったらもう試験どころではない。

その打ち上げた魔弾の色は通常の黒ではなく赤。危険度が最も高い、緊急事態に使われるもので、それを見れば即座にマルコス教諭が応援を呼んで駆けつける……はずだった。

だが、目の前の獣人の余裕の笑みは崩れない。

「無駄だ。結界を張ったって言ってるだろ？」

「な……っ」

そこでスフィアは周囲の異変に気づいた。

いつの間にか周囲の木々の色が失われている。

まるで灰色《はいいろ》の空間に迷いこんだよう。さっきまで茂みや下草を揺らしていた風も今や全くない。人の気配を感じないどころか完全に周囲から遮断されている。

「め、迷彩結界……」

呆然《ぼうぜん》と呟くスフィアに獣人は感心したようにパチパチと手を打ち鳴らした。

「ご名答。まあヴェルヘミアの学生なら誰でも知ってるか」

「？　俺は知らないぞ」

ケウドの間《ま》の抜けた返事に、スフィアは今すぐ他人のフリをしたかった。現に目の前の獣人もその危機感がない様子に苦笑している。

「ハハッ、なんだこの馬鹿は」

「私が知りたいわよ……」

「知りたいのは俺だって。なんだよ迷彩結界って」

食い気味に聞いてくるケウド。こんな時にいつまでも質問攻めされたら本当に心労で倒れてしまうので、スフィアは渋々《しぶしぶ》答えた。

「周囲の背景に溶け込ませた結界のこと。多分このレベルだと仮にここで盛大に魔弾を爆発させても、結界の外の連中にはわからないわ。外からだと他の森林の景色と同じように見えてるし聞こえてるし感じているでしょうから。爆発音もきっと自然の風の音に変わってるわね」

「つまり、ここでいくら泣こうが喚《わめ》こうがこの結界が解除されるまで誰も気づけねえってことだ。もっとも俺が結界を解除した時、テメエらは静かだろうがな」

「……やっぱり、私たちを殺すつもりなのね」

スフィアが苦々しくそう質《ただ》すと、獣人は不敵に笑った。

「ここまで大がかりな結界を張って何もせずに帰るわけねえからな。理解が早くて助かる。まあ別にそれで命が助かるわけでもねえけど」

「アンタ……何者よ。ただの獣人じゃないわね」

「魔王軍幹部の一人、ガードウルフだ。ったく、わざわざ遠路はるばるこんな敵地にまでやって来て、やることがこんなガキの始末ってのは泣けてくるぜ」

やれやれとガードウルフが肩をすくめる一方で、スフィアの顔はますます曇《くも》った。

人類と敵対している魔王軍が周辺国をいくつか滅ぼしているのはスフィアも知っている。だが、魔王軍の本拠地である魔王城がそびえるオーマはここから相当距離が離れている。ヴェルヘミアに潜入するにしてもこんな大がかりな迷彩結界を張って、襲撃《しゅうげき》する理由など限られていた。

「ま、まさか、平民でありながら魔法学院に入学した天才であるこの俺、ケウド・フラガーの命を狙《ねら》ってここまで……？」

「お願いだから本当に黙ってくれる？　次喋ったら私が殺すわよ」

「ひっ！」

苛立ったスフィアに睨まれて、ケウドはびくっと肩を震わせて黙り込んだ。流石に本気でキレられると彼も怖いらしい。

それを見てガードウルフは愉快そうにくくっと笑い声をこぼす。

「おいおい、いつからヴェルヘミアの学生は立派《りっぱ》な魔術師じゃなくて、道化師を目指すようになったんだ?」

「目指してるのはこいつだけよ。一緒にしないで」

「なら魔気をたどってここに来たのはお前か?」

「え……?」

思わぬ方向からの問いにスフィアは言葉に詰まる。だがそれで悟られてしまったようだ。

「くくっ、やっぱりテメエの方か……」

「ま、まさか……」

「そう、あの魔気は俺が意図的に生み出したものだ。例年、この森が試験場になっているのは把握《はあく》していたからな。利用してやったんだよ」

「う、嘘《うそ》よ。自分が生み出した召喚獣のものじゃない魔気があったら、マルコス先生だってすぐに気づくはずよ。なのにどうして……」

試験官として森林の状況は事前に把握しているはずだ。迷彩結界の中にいたガードウルフは感知できないにせよ、結界の外まで流れた魔気なら召喚獣を通して感じ取れるはずなのだ。

「簡単だ。高周波数の音が年寄りには聞こえないように、俺が生み出した魔気は特定の相手にしか感じないのさ。テメエ、呪縛者だろ？」

スフィアは思わず息を呑《の》んだ。

呪縛者とは呪縛が刻まれた者のこと。

――つまり、ガードウルフはスフィアが『呪縛書』を読んだことを看破《かんぱ》している。

「図星のようだな」

動揺するスフィアを見てガードウルフが満足げに指を鳴らした瞬間、森の奥から巨大なゴーレムが姿を現した。積み重なった巨大な岩石で人の形を成し、足を引きずるようにして歩いている。これだけの巨人を動かしているだけあって魔気の量も膨大《ぼうだい》だ。

「このゴーレムは魔法ではなく呪法《じゅほう》で動かしていてな。この呪法から生み出される魔気は呪気《じゅき》といって、呪縛者にしか感知できねえんだよ。テメエはまんまと俺が撒《ま》いた餌《えさ》に釣られたのさ」

ガードウルフがまた指を鳴らした途端《とたん》に、ゴーレムが音を立てて崩れていく。スフィアは忌々《いまいま》しげに唇《くちびる》を噛《か》みしめた。

「……じゃあここに来た理由は、私の呪縛書の回収が目的ってわけ？」

「当然。テメエの命と一緒にいただいていくぜ」

呪縛書は呪縛者の死亡と同時に解放されて体外に出現する。希少《きしょう》な呪縛書を狙ってくる輩《やから》の襲撃を恐れたからこそスフィアも周囲に秘密にしていたのだが、結局免《まぬが》れなかったようだ。

「はあ、魔王軍も暇なのね。あんな厄介《やっかい》な本のためにこんな回りくどい真似をするなんて」

呪縛の効果でスフィアの魔法の実力は確かに上がったが、元々素《す》の実力で人より秀《ひい》でていた彼女にとって、むしろ行動が制限されるだけデメリットの方が大きいと感じていた。

しかし、スフィアの言葉をガードウルフは鼻で笑い飛ばした。

「おいおいすっとぼけるな。呪縛ってのは自分で自分の首を絞めて火事場の馬鹿力を出すようなふざけたものばかりだが、中には魔王軍を壊滅できる笑えないレベルの代物《しろもの》もある。そしてそれが秘密裏《り》にヴェルヘミアの王族に刻まれたって情報は既《すで》に魔王軍にも入ってるんだよ」

スフィアは眉《まゆ》をひそめる。初耳だ。そんな話は聞いていない。

「王族に……？　デマでしょそんなの。なんで王族がそんな物騒《ぶっそう》なもの刻んでるのよ」

「知るかよ。だが、適性や素質がなければ呪縛は刻めねえ。それも上級の呪縛じゃそこらの兵士が刻んだところで暴走して自分の国を滅ぼしかねないしな。魔術師として優《すぐ》れた血統の王子でもなければ、使いこなせないだろうよ。そ・れ・に！」

「なっ！　【シウド！】」

突然ガードウルフが手のひらを掲《かか》げて炎の魔弾を放ったのを見て、スフィアは慌てて杖を振るい盾《たて》の魔法を展開する。

その【シウド】の盾は、今まで誰にも破られたことのない分厚い魔力の障壁だったが、ガードウルフの炎の魔弾はそれを簡単に粉々《こなごな》に砕《くだ》いていた。

「チッ、相殺《そうさい》されたか」

忌々しげに舌打ちするガードウルフに、スフィアは血の気が引いていた。

（つ、杖なしで……無詠唱《むえいしょう》魔法だなんて……）

杖がなければ魔法を唱《とな》えてもブレが生じて正確な方向に飛ばすのは難しい。ましてや無詠唱魔法となると、詠唱時に比べて威力《いりょく》も落ちる。

なのにスフィアが詠唱して呪縛の効力で強化された盾と互角《ごかく》。実力に開きがありすぎる。

「仮に王子でなくても、希少な呪縛持ちで今の俺の魔法を防げる実力者を生かしておく理由はねえ。魔王軍の脅威《きょうい》になるのが目に見えてるしな。まあ、王族が護衛《ごえい》もつけないでこんな無防備に外を出歩いてるとは思えねえから、さしづめどこかの闇市《やみいち》で呪縛書を購入して、誤って低級の呪縛を刻んだ哀《あわ》れな上級貴族ってとこかな」

おおかた当たっていて言い返せないのが腹立たしい。勝手に入り込んだのが悪いとはいえ、書庫にあんな読んだだけで呪われるような魔導書を置いた奴を、スフィアは殴りたい気分だった。

「ひ、ひいいいぃッ、た、助けて……助けてくれぇ……」

そんな情けない声がした方を見ると、ガードウルフの覇気《はき》に怯《おび》えたケウドが涙目になって尻《しり》餅《もち》をついていた。

その醜態にスフィアは顔を歪《ゆが》め、ガードウルフは愉快そうに笑う。

「おっと、護衛ならいたな。だけど助けを求めてるってことは、実はそいつが王子でテメエが護衛だったんじゃねえか？　クックックックック」

「しゃ、しゃきっとしなさいよ……天才とか言ってたさっきまでの威勢《いせい》はどうしたのよ！」

「じゅ、授業でそんな危険なことするわけないから、なんか試験の出し物だと思ったんだ。で、でも本当に魔王軍幹部だなんて……敵《かな》うわけねえじゃん。い、嫌だ。俺は死にたくない。こんな評判だけ最高で、セキュリティは最低の学院なんて来るんじゃなかったッ！　帰るッ！　俺、家に帰るうッ！　助けて、かあちゃん、かあちゃーんッ！　うわあああああああぁんッ！」

そして、ついにケウドがダダをこねるように泣き叫んだのを見て、スフィアはめまいがした。

根は悪くないかもしれない、と評価していたのを全て撤回したい。

無能は罪。無様は悪。今すぐ母親でも誰でもいいから連れ出してもらって、この場からお引き取り願いたいのだった。でないとスフィアまで息を引き取りそうだ。

「はっはっはっはっはッ！　実に愉快な見世物《みせもの》だな」

「……私が狙いならこいつは、結界の外に逃がしてやってもいいでしょ？」

「うん？」

だから、スフィアはわずかな望みをかけて交渉《こうしよう》をもちかけた。その思いがけない提案にケウドは泣きじゃくりながら顔を上げる。

「ひっく……ス……スフィア？」

「アンタがいると足手まといなのよ。今すぐに視界から消えて」

この流れで自然に結界の外へケウドだけでも逃せないかと思ったが、

「馬鹿言え。いくらそいつでも結界の外に出たら助けくらい呼べるだろ。見逃さねえよ」

至極《しごく》当然の交渉決裂。ならもうスフィアに取れる行動は一つしかない。

「そう、じゃあアンタが消えなさい！」

杖先に渾身《こんしん》の魔力を込めて、スフィアは【ハイルフレア】の魔法を放った。

授業で見せた炎よりも一段と規模の大きい業火の波がガードウルフに押し寄せる。

しかし今にも火の海に呑み込まれそうになったところで、

【ウル・フレアッ！】

ガードウルフが生み出した狼の姿をした炎が地面を駆け抜け、火の波を貫《つらぬ》いた。

【ハ、ハイルシウド！】

咄嗟《とっさ》にスフィアは先に唱えた盾よりもさらに強い盾の魔法を唱える。

だが、炎狼《えんろう》の魔弾は魔力を凝縮した分厚い壁をあっけなく灰と化し、容赦《ようしゃ》なくスフィアたちに襲いかかった。


「ほう？　まだ息があんのか」

感心したようにガードウルフが褒め称《たた》える。スフィアも普段であれば呪縛の効力で狂犬のように噛みつくのだが、今の彼女にはそんな気力すらない。

業火の波も魔力の盾も破られたが、最後の足掻《あが》きで水の魔法で身体《からだ》を濡《ぬ》らしたおかげで、かろうじて焼死体になるのは避けられた。

「う……あ……」

だが、それも焼け石に水。

スフィアは全身に火傷《やけど》を負い、顔も一部爛《ただ》れていた。腰まで伸びていた鮮やかな銀髪は肩で焼き切れ、今では煤《すす》で汚れて無惨《むざん》な姿になっている。艶《つや》やかだった白い足も今では黒焦《くろこ》げ、もう二度と立てない身体になっていた。

「森で火を放つなんて恐ろしい奴だな。燃やせば結界が保てず、外に異常が伝わると考えたんだろうが……結界内の森林は外観こそ似てるが、実際のものとは違うんだよ。そう簡単に壊れる造《つく》りなわけねえだろうが」

ガードウルフの言葉通り、灰色の森はスフィアがどれだけ炎で赤く色づけようとしても、すぐにまた色褪《いろあ》せて炎が広がることはなかった。どうやら結界内の背景に何か変化を加えようとしても、また元に戻ろうとする性質があるらしい。

「……く………ソ……」

「もうまともに喋ることもできねえか。ま、そっちのガキはピンピンしてるけど」

「ひ、ひいいぃ……！」

肩を小さくしてぶるぶる震えるケウドに、ガードウルフは呆《あき》れたように肩をすくめていた。

「まったく理解できねえぜ。こんな馬鹿に魔法で水を纏《まと》うのに時間をかけたせいで、自分の防《ぼう》御《ぎょ》が半端になるなんてテメエも大概《たいがい》馬鹿だな。炎の熱にやられて焼きが回ったか？」

スフィアも自分に呆れていた。かばったところで助かる見込みなんてないのに、自分が焼かれることより目の前で誰かが傷つくことの方が嫌だったなんて。

もう喉《のど》が焼き爛れて魔法もろくに唱えることができない。魔王軍幹部の触れ込みは伊達《だて》ではなく、初めから実力差は歴然《れきぜん》だった。

それでも自分の取った行動に悔《く》いはない。恥のない最期《さいご》だったとスフィアは誇りに……

「な、なんでもしますから許してください！　見逃してくださいッ！　そうだ俺、魔王軍に入りたいです！　前からヴェルヘミアの国が気に入らなかったんスよ俺。雑用でもなんでも致しますから何卒《なにとぞ》ご慈悲《じひ》を……！　お助けを……」

思えなそうだ。

恥も外聞もなく敵に媚《こび》どころか国を売って、ケウドは泣いて地面に頭をこすりつけていた。

（なんですかそれ……）

その命乞《いのちご》いを聞いてスフィアの表情は失望の色が濃くなる。これで本当に見逃されたら彼女が身を犠牲《ぎせい》にして助けたのも忘れて心から敵に感謝しそうだ。ガードウルフも愉快そうに笑う。

「プ、あーひゃひゃはは̇ッ！　命を張って助けてこれとは報《むく》われねえなあ。なああどんな気持ちだ？　必死こいて守ろうとしてこれってどんな気持ちなんだ？」

煽《あお》りに煽る。

しかしスフィアはもう怒る気もわかず、ただ無気力に早く殺してほしいと願っていた。

「ちっ、なんだよつまんねえな。ウォンゲムに死体を持ち帰ってやろうかと思ったがやっぱ面倒《めんどう》くせえし、ここで処分するか」

（ウォンゲム……？）

その単語を聞いた途端、スフィアの頭がズキリと痛んだ。なぜなのか考えようとしたが、

（……もうどうでもいいです）

考えるだけ時間の無駄と、スフィアは思考を放棄した。

「お願いします……俺だけでも助けてくだしゃい……死にたくないいいぃ……」

しかし、ケウドの涙ながらの情けない懇願《こんがん》によって、スフィアの怒りの感情が不死鳥のように戻ってくる。

（こんの……私だって、死にたくないですのに……）

「そんなに助けてほしいか！」

「はいっ！　許してくれるんですか？」

ぱあっと晴れ渡ったケウドの笑顔を見て、ガードウルフは口元をにたりと吊《つ》り上げた。

「よしよし。じゃあ死ぬほど苦しい最期にしてやるよ」

そう笑ってみせてガードウルフは木の幹を勢いよく駆け上がり、スフィアたちのはるか頭上に飛び上がる。獣人の身体能力は人間よりも勝るとはいえ、地上から米粒のように小さく見えるまで飛べるのは、ガードウルフの足腰が特別強靭《きょうじん》だからだろう。

そしてガードウルフの右腕には先の【ウル・フレア】よりもさらに大きな爆炎を纏わせて、色のない空の中で太陽のように輝いていた。

「ま、待って、やめて、やめてくれえぇッ！」

ケウドが必死に叫ぶ命乞いもガードウルフの気を良くするだけだ。

「ハハハハッ！　待てと言われて待つバカがいるかよ！」

当然の嘲笑《ちょうしょう》。こんなことならケウドを囮《おとり》にして逃げることだけ最初から考えていれば良か

ったとスフィアが後悔していた時、

「……バカでいれば助かったのに」

ケウドの見下すような一言が彼女の耳にこびりついた。

「……え」

その別人かと疑ってしまうような声音《こわね》に驚いて目を見開いた時、思わずスフィアは息を呑んだ。

いつのまにかスフィアの全身の火傷が治っている。まるでこんがり焼けたことなど忘れたかのように彼女の足は白く、爛れた喉からは声が出るようになっていた。髪の長さも戻っている。

だが一番の変化はスフィアではない。

泣いて怯えて許しを乞うていた姿はどこへやら、ケウドはひどく冷めた眼差《まなざ》しで空中に浮かぶ敵を見据《みす》えていたのだ。

そして今……怯えているのは見下していたはずのガードウルフだった。

軽やかに宙に浮かせた身体と反対に、どんどんと浮かない表情になっていく。誇っていた太陽に模《も》した炎はもはや頼りない。

それもそのはず、あれだけ見下していた相手が今、なぜか右腕に尋常《じんじょう》ではないほどの魔力を凝縮し、それを炎に変えているのだから。

「ま、待て、待ってくれ、なんだよ、なんだよそれはッ！」

「待てと言われて待つバカはいないんだろう？」

馬鹿にしていたはずなのに、いつのまにか馬鹿にされている。

圧倒的な差があったはずが、いつのまにか圧倒的な差をつけられている。

泣きっ面《つら》を眺《なが》めていたのに、いつのまにか泣きっ面を眺められている。

炎に渾身の魔力を込めたせいでガードウルフには防御や回避に当てる魔力がない。

上機嫌に木から跳躍《ちょうやく》できた強靭な脚力も、足場がない空中では足を焼かれたスフィアのように為《な》す術《すべ》もなく、ただ訪れる死を待つだけの身体になった。

道化の立場は今、逆転した。

もはやガードウルフの嘆《なげ》きはケウドには届かない。

逆に届けるものがあるとすればそれは——

【ハイルフレア!】

獣を灰燼《かいじん》に帰す地獄の業火だった。

スフィアと同じ魔法でもケウドの業火の威力は凄《すさ》まじく比較にもならない。全ての空を焼き尽くすような炎の波がガードウルフを飲み込み——

「ぎ、ぎぃあッ!」

轟《とどろ》いた断末魔の声はほんの一瞬。

炎の波が晴れたその時にはもう、ガードウルフの姿はこの世のどこにも存在しなかった。

灰色の空を焼き尽くし、空が青く澄《す》み渡る。森は緑を取り戻し、揺れる枝葉は風の音を思い出させてくれる。

つまり結界が崩れて、ガードウルフが完全に敗《やぶ》れたのだ。

「…………はい？」

それでもまだ、スフィアには実感が湧《わ》かない。呆気《あっけ》にとられたまま開いた口が塞《ふさ》がらない。

それもそのはず。だって、意味がわからなすぎる。

魔王軍の幹部が唐突に目の前に現れたことなどどうでもよくなるほど、今の出来事はあまりに衝撃的すぎたのだ。

「正体を明かすつもりはなかったけれど……仕方ないか。君の命を犠牲にはできないからね」

「ケ、ケウド……アンタはいったい……？」

そこで彼女ははっとした。


『あと少しで着くのに、他の奴らがその魔気の方に向かう気配がまったくない気がするけど』

思えばこのケウドの言葉に違和感を覚えた時、後半部分に引っ張られて意識してなかったが、違和感は最初の部分からあった。

スフィアはどれくらい先に大型召喚獣がいるのか伝えてなかったのに、彼はもう魔気、いや呪気の正体まで把握しているような口ぶりだった。

（ま、まさか、本当は呪気を感じ取れていたのでは……）

スフィアの全身から冷や汗がだらだら流れていく。もしすっとぼけていただけで、ガードウルフが生み出したゴーレムの呪気を感じ取れていたのなら、話は大きく変わってくる。

あの魔王軍幹部を簡単に屠《ほふ》ることなど、ヴェルヘミアの騎士団長でも不可能だろう。平民ならそれこそ論外だ。最後はあまりにもあっけなかったが、本当にガードウルフの実力は異次元だった。

しかし、彼女は聞いてしまっている。

魔王軍を壊滅できる笑えないレベルの呪縛がヴェルヘミアの王子に秘密裏に刻まれていると。あのゴーレムの呪気を感じ取れるのは……呪縛者だけだと。

そして今の恭《うやうや》しい口調の変化を考えれば……

「ま、ま、ま、ま、まさか……」

(ありえません。ありえません。ありえません。あってはなりませんッ！)

流石に笑えない。もうスフィアは今にも口から泡《あわ》を吹きだしそうだった。

そしてその慌てようを見て、ケウドは今までの態度からは考えられないほどの柔和《にゅうわ》な笑みを浮かべると、

「本当の自己紹介が遅れたね。私はエドモンド・リア・ヴェルヘミア。この国の第三王子だよ」

そう名乗られて、今度こそスフィアの脳が破壊されて気絶した。

まさか自分にとどめを刺すのがケウドだとは、数分前の彼女は夢にも思わなかっただろう。

そしてスフィアの脳裏に流れる走馬灯《そうまとう》が嫌がらせのように、これまでのケウドに対する蛮行《ばんこう》を見せて死体蹴《げ》りを始めるのだった。

『逆転道化』の呪縛。

それがエドモンド第三王子の身体に刻まれた呪縛である。

道化のように思われれば思われるほど、相手を道化に思えるような絶対的な力が手に入る。

それこそ先のガードウルフとの戦闘で一瞬にして立場が逆転したように。足を引っ張っているようで実際は勝利をたぐり寄せていたのだ。

だがこれはあくまで呪い。破格の力には破格の縛りがある。

現にエドモンドは人前でこの力を発揮《はっき》しない。

道化と思われる限りは強くいられるが、実力者と警戒されれば最後、呪縛は己《おのれ》を蝕み、それこそ道化のように弱体化する。そのため呪縛の効果を生かすには、誰にも認知されない場面で唱えるか、本当に最後の魔法になる時にしか使えない。

エドモンドも本当はスフィアが火傷を負う前にガードウルフを仕留《しと》めたかったが、魔王軍の幹部だけあって一撃で仕留められる機会はなかなか訪れなかった。

それにスフィアが結界からエドモンドを逃そうとしたり、火の海を広げて敵の姿を隠したりと、何度も心臓に悪い場面があった。圧勝に見えて本当のところは辛勝《しんしょう》だったのだ。

笑われなければ実力を発揮できない呪縛者は、道化を強《し》いられる限り心の底から笑えない。

道化とあざ笑えば最後、圧倒的な力で蹂躙《じゅうりん》される以上、知ればその呪縛者を誰も笑えない。

ゆえに、その呪縛書の表題はこう書かれている。

『道化の無双は笑えない』

第二章　そして獣畜生へ……

「……うぅ」

森でうなされながら目覚めたスフィアは、うろんな眼差《まなざ》しで周囲を見渡した後、ほっと安堵《あんど》した。学院の恥《はじ》さらしから国の恥さらしに勝手に昇格されて晒《さら》し首の危機など流石《さすが》に冗談ではない。

「……なんだ夢か、そうよね。自国の王子があんな恥の塊《かたまり》だったらもうこの国は終わりよ」

「勝手に国まで終わらせないでくれ……」

「ゴホッ、ゴホッ！」

本当に冗談ではなかった。

背後から恥の塊にそうため息をつかれて、思わずスフィアはむせこんだ。

言わずもがな、今、恥の塊と彼女が罵倒《ばとう》した相手は、第三王子のエドモンドである。それが学院の落ちこぼれと認識していたケウドの姿で喋《しゃべ》るものだから、スフィアは気が気でなかった。

そんな彼女の取り乱した胸中も知らずに、エドモンドは安心したように笑みを浮かべる。

「でも元気そうで良かったよ」

「いやたった今、急速に具合悪くされたんだけど。え、なに？　まさかアンタ……本当に自分が王子だって主張するつもり？　はあ……手遅れのようね。目を覚ましなさいケウド。現実を忘れて目を背《そむ》けるのは愚《おろ》か者がすることよ」

「それは君だ……」

しばらくスフィアは取り乱していたが、エドモンドの話を聞いて嫌でも現実を飲み込まざるを得なくなっていた。流石に魔王軍幹部を倒した事実やあれだけの重傷を完全に治癒《ちゆ》してくれた事実を無視して、ただの平民だと突っぱねるのは無理があったのである。

「……なるほど、その『逆転道化』の呪縛《じゅばく》であの狼男を倒したのね」

「やっと信じてくれた……」

どっと疲れたようにエドモンドはうなだれていたが、心身ともに疲弊《ひへい》しているのはスフィアの方だった。なにせ王族に暴言と暴行と不敬の限りを尽くしていたから、彼女の命はこの日限りかもしれない。

（ははーっ、申し訳ありません申し訳ありません申し訳ありません！　どうかお許しを！）

だからスフィアは心中で必死に泣き叫んで詫《わ》びまくっていたが、残念、そこは悪態《あくたい》強化。相手が王子だろうと素直に詫びることなど毛頭ない。

「お許しくださいませ殿下《でんか》。まさかあそこまで敵に醜態《しゅうたい》を晒すと思わなかったもので、平民どころか愚民《ぐみん》にしか見えませんでした。しかし王子が民を騙《だま》すなんて趣味が悪いですね。器《うつわ》が知れるわ。恥を知りなさい」

（グフッ！）

下げる頭などないとばかりに容赦《ようしゃ》なく相手を下げ、スフィアをダウンさせにかかる。その度重なる謝罪風煽《あお》りにエドモンドも流石に苦笑していた。

「正体を明かしてもその悪態は流石だけれど……王族にそんな無礼な真似《まね》をすれば即死刑とか、君は私に説教していなかったっけ？」

「器が小さいからか随分《ずいぶん》と細かいことを覚えておられますね。まさか脅《おど》しのつもりですか？ああ、流石は王子様。人の上に立つお方だけあって、権力を振りかざすのがお上手なようで」

（ガハッ！）

内心で血反吐《ちへど》を吐くスフィア。それでも表では毒を吐き続ける。実に気の毒である。

「でも今のアンタは裸《はだか》の王子様。ここで死ねばただの平民のケウド・フラガーよ。もうアンタに働いた数々の無礼は取り消せないけど、その事実は取り消せる。今ならあの獣人《じゅうじん》のせいにできるし、このまま処刑されるくらいなら……いっそ……」

「いっそじゃない！　待って！　やめて！」

（いっそじゃない！　待って！　やめて！）

懐《ふところ》から杖《つえ》をゆっくりと取り出したスフィアに、彼女の内心とエドモンドはぎょっと叫んでいた。その迫真の動揺に満足するように、表のスフィアはふっと笑い飛ばす。

「冗談に驚きすぎよ。器だけでなく気も小さいようね」

「まったく冗談に聞こえない……」

「なら耳か頭が悪いのね」

「…………」

　表のスフィアの悪すぎる態度にエドモンドと内なるスフィアはげっそりするのだった。

　話を聞くに、どうやらエドモンドは八歳の頃から平民として暮らしているらしい。公《おおやけ》に姿を見せている彼は希少《きしょう》な変身魔法を扱《あつか》える影武者だったようだ。

　この六年間で影武者は徐々《じょじょ》に容姿を変化させたのか、公のエドモンドは女性と見違えるような中性的な見た目をしていたので、スフィアも同一人物だと思いもしなかったのだ。

（ああ……なんでこんなことに。記憶を消したいです……）

　隙《すき》あらば罵倒する自分の口を封じるならまだしも、王子相手に口封じをほのめかすなど自殺行為すぎる。

　そんな覇気《はき》のないスフィアをエドモンドが心配そうに覗《のぞ》き込んだ。

「……大丈夫かい？　気分が優《すぐ》れないように見えるけれど」

「いやアンタのせいでしょうが。その王子面《づら》で話しかけないでくれる？　私に身分詐称《さしょう》を働いた悪党に恭《うやうや》しい喋り方されると反吐が出るのよ。まだケウドの方がマシ」

　自分の態度を改めるどころか王子の態度を改めさせようとする暴挙に、スフィアは本当に吐き気を催《もよお》したが、予想に反してエドモンドはすんなりと承諾《しょうだく》した。

「わかったわかった。ならこれでどうだ？」

瞬間、エドモンドの表情や仕草《しぐさ》から品性が消えて普段のケウドの態度に戻っていた。それを見て気が緩《ゆる》んだスフィアは思わず絶賛する。

「……！　やればできるじゃない！　そうよ。その王族とは無縁《むえん》のマヌケ面こそアンタのあるべき真の姿よ。やっぱり知性の欠片《かけら》も感じないわ！　ばーか！」

「めっちゃ元気になったな……まあそれで普段の調子を取り戻せたならいいけど」

満面の笑みで罵倒しながら褒《ほ》めるスフィアにエドモンドは呆《あき》れ返っていた。

しかし、それでもケウドの口調を続けているあたり、エドモンドにはスフィアを処罰《しょばつ》する気はないように見える。それに彼女はひとまず胸をなで下ろした。

（普段の調子がお望みなら……私も無理に呪縛《じゅばく》に抗《あらが》わないでも良さそうですね）

呪縛に抗うのも楽ではなく精神的にかなり負荷《ふか》がかかる。もうここまで不敬を犯した以上、今さら取り繕《つくろ》っても無意味だろうとスフィアはやけくそになっていた。

「それで？　聞きたいことが山ほどあるんだけど。なんで王子が愚民として学院に通ってるのよ」

「フッフッフ。相変わらず見る目がないなスフィア。俺は愚民どころか平民の身でありながら魔法学院に入学した天才児！　その名もケウド・フラ」

「そういうのいいから。はっきり言って微塵《みじん》も面白《おもしろ》くないわよ」

「……」

そうバッサリ一蹴《いっしゅう》されてよほど気落ちしたのか、ケウドは沈黙してしゅんとうなだれていた。本人にとっては面白いつもりだったらしい。

「まあアンタの呪縛を考えたら、道化のように振る舞うのは呪縛の効力を上げるためってなんとなくわかるけど。ってか的《まと》を燃やす試験の時、アンタ本気じゃなかったわね」

「そりゃな……あの状況で本気で炎を放ったら的どころか演習場が蒸発する」

平然と、手を抜くどころか度肝《どぎも》を抜く規模だったとケウドに告げられて、スフィアは唖然《あぜん》とした。

「じょ、冗談でしょ？」

「マジだ。俺を道化だと思う奴《やつ》が多いほど呪縛の効果は強力になるし、特に相手に笑われるほど効果が跳《は》ね上がるからな。けど、俺の呪縛を知った相手にはもう俺を道化と思わなくなるから逆にすげえ弱くなる。今お前と戦ったら俺はまちがいなく瞬殺されるな」

それを聞いてスフィアはなんとも言えない気分になった。

笑われるほど効果が跳ね上がるのなら、本当に笑って跳ね上がったガードウルフに対しては呪縛の効果はさぞかし絶大だったのだろう。まさに油断大敵。抱腹絶倒《ほうふくぜっとう》ならぬ報復絶倒だ。

しかし、それは戦闘中に勝手に慢心したマヌケだから成立したのであって、油断せず全力で向かう相手には手も足も出ないことになる。

「はあ……聞く限りだと使い勝手最悪ね。ただでさえ実力出しづらいのに、実力が認知されたらアウトとか」

「おかげ様で本当に神経がすり減るぜ。さっきのガードウルフもいかに高笑いさせて隙を衝《つ》くか考えるだけで頭がどうかしそうだった」

遠い目をするケウド。それを見てスフィアはますます疑問に思った。

「だからなんでそんな道化の真似してまで無理して学院に通ってるのよ。結局人前で実力発揮《はっき》できないなら本末転倒《ほんまつてんとう》じゃない。正直、地位ある王子が人生棒に振って、ふざけた落ちこぼれとして底辺でヘラヘラしてんの怖いんだけど？　頭がどうかしそうじゃなくてもうどうかしてない？　すり減る神経本当にある？」

「無神経なのはお前だ……流れるように俺を全否定すんのやめろ。涙まで流れるわ。別に実力を発揮できなくても秘めることはできるんだよ」

「？　どういう意味？」

すると、ケウドがローブの内側から普段使用している物とは違う杖を見せてきた。

形状こそ俗世《ぞくせ》に流通している低品質の杖に似ているが、屋敷の書庫でスフィアはこの杖に関する記述を何かの本で見た覚えがあった。

「杖に走るように、特徴的な細い溝が三つ……もしかしてストックの杖？」

「ご名答。流石は首席なだけあって博識だな」

ストックの杖。

それは北国で造《つく》られている少し珍《めずら》しい杖だ。

最大三つまで杖の溝に魔法の保管が可能で、誰でも唱《とな》えるだけでその保管した魔法を、杖から発動できる。

もっとも、杖の溝の保管スペースが脆《もろ》く、繊細《せんさい》に扱わなければ魔法を込める際に杖が爆発するため、日常的に使う者はほとんどいない。杖が安くないのもそうだが、魔法だけならまだしも自分が死体安置所に保管されたくはないのである。

「俺が学院で道化として振る舞っているのは、このストックの杖に治癒《ちゆ》系の魔法を保管するためだ」

「治癒系の……?」

「ああ。呪縛で底上げした治癒魔法の効果は大きいからな。学院で道化として振る舞ってる間に裏でこの杖に魔法をこっそり込めて、国内で必要としている医療機関に譲渡《じょうと》してたんだ。ローブの内側に十本ぐらい杖を忍ばせてあるんだぜ」

どうやらケウドは演習場でしょぼい炎を出していた時も裏では無詠唱《むえいしょう》でストックの杖に魔法を込めていたらしい。

「なるほど。杖を介《かい》することで自分が特定されるのを避けてるってわけね」

治癒系統の魔法は限られた魔術師にしか扱えない高度な魔法だ。学院ナンバーワンと称されるスフィアは扱えるが、もしケウドが人前で使おうものならまちがいなく騒ぎになって実力や経歴を疑われるだろう。

その点、杖を介して第三者に使わせれば疑われる心配も減る。技量のいる治癒魔法が扱えるのならストックの杖に魔法を込めることなど造作《ぞうさ》もない。

「だから俺が王子だってことは周りには秘密で頼むぜ。バレたら実力が認知されて、もうストックの杖に治癒魔法を込められなくなっちまうからな」

今まではみんな無遠慮に笑っていたが、本当の身分を知れば誰もが遠慮してもうこれまでのようには笑えないだろう。呪縛を生かしたいケウドが危惧《きぐ》するのは当然だった。

「もし私が周囲にバラしたら？」

「王族を危険に晒したとして、お前の身体《からだ》がバラされるかもな。もちろんそうならないように俺も陛下《へいか》に掛け合ってみるけど……期待はしないでくれ」

（ひいいいい）

真面目《まじめ》な顔で王に直訴《じきそ》することを検討しているケウドを見て、スフィアは心の中で震え上がった。

呪縛で自分の意思に反して勝手に喋ってしまうことを考えれば、口を滑らせて暴露《ばくろ》する可能性は十分にあるのだ。

（落ち着くのです私……うん。最悪それは私の得意魔法でなんとか対処できます……）

そう内心で神託《しんたく》のように呼びかけて動揺を鎮《しず》め、スフィアは改めてケウドに向き直った。

「一方的に条件を呑《の》ませるのは不公平よ。秘密をバラされたくなかったら私からの条件を三つ受け入れなさい」

「不公平だというならお前だけ一方的に条件を三つに増やすな……ってか話聞いてたか？　俺の秘密をバラしたらお前に危害が及ぶ可能性が高いんだって」

「なら命を懸《か》けてバラすまでよ。私の命が惜《お》しいと思うのなら条件を呑みなさい」

「なんだそりゃ……」

呆《あき》れ返るケウドを無視してスフィアは続ける。

「まず一つはアンタに対するいかなる不敬も不問にすること」

「いきなりひでえッ！」

ケウドの大仰《おおぎょう》のリアクションに構わずスフィアは続ける。

「二つ目は私が呪縛者であることを秘密にすること。ゴーレムの呪気《じゅき》をたどれた時点で、私が呪縛者だってアンタももう察してるんでしょ？」

「………………」

「どうしたのよ。ひどく疲れたような顔をして」

「別に……お前の呪縛は『悪態強化』の呪縛だろ」

「……！　知ってたの？」

「いや、王宮の書庫にその呪縛に関する書物があったから今予想しただけだ。まあ一つ目の無茶な条件を出した理由がよーくわかったよ。お前にとっては死活問題だもんな」

（おお……わかってくれるのですね）

すんなり受け入れられてスフィアは感激した。今まで肩身の狭い思いをしながら周囲に罵声《ばせい》を浴びせてきたので、それに同情してくれるだけでもスフィアはかなり救われたのだった。

その上機嫌が呪縛に反映されたのか、意気揚々《ようよう》とスフィアは言葉を連ねた。

「そうよ。私のあらゆる罵倒や不敬も呪縛のせいだから仕方ないの。だからこれからは全面的に私に配慮しなさい。私がどんな理不尽なことを言ってもアンタは文句を言っちゃダメだからね。異議申し立ては全部却下だから」

「いやいやいや。異議あり異議あり異議あり」

「却下よ。ところでその書物とやらに呪縛の解呪《かいじゅ》方法とか載《の》ってたりしなかった？」

話を強情に貫《つらぬ》き通すスフィアにケウドはすっかり意気消沈して反論を諦《あきら》めた。道化のフリをするために話を真面目に聞かなかったのが災《わざわ》いしたのか、話を聞かない立場がすっかり逆転している。

「はあ……いやガードウルフのように、死亡時に呪縛書から解放されることぐらいしか書いてなかったよ」

そう言いながらケウドが古びた厚めの本を懐《ふところ》から取り出したのを見て、スフィアは思わず息を呑んだ。

「アンタ、それ……！」

「お前が気絶している間に空から降って来たんだ。ガードウルフが死亡したから呪縛書が外に現れたんだろうな」

「え、じゃあアイツも呪縛者だったってわけ？」

「ああ。呪法《じゅほう》は呪縛者しか使えないからな。中を見たら【気炎万焼《ばんしょう》】の呪縛って代物《しろもの》だった。自分の熱意や熱気次第《しだい》で炎の魔法の威力《いりょく》が大きく増減するらしい。俺と同じような条件なら、きっとモチベーションがない時は実力も出せなくなるんだろう」

どうやらガードウルフのテンションがやけに高かったのは、呪縛の効果を上げるためだったようだ。

「まあそれで俺に対する警戒心《けいかいしん》が下がって、勢いで逃げ場のない上空に飛んでくれて助かったんだけど」

「なるほど。まさに熱に浮かされた結果ってわけね」

すると、そこで上空で軽い爆発音がした。

おそらく試験終了の合図としてマルコス教諭が魔弾を打ち上げたのだろう。唖然《あぜん》とするスフィアをよそにケウドは呑気《のんき》に伸びをしていた。

「お、試験も終わったみたいだな。積もる話は後にしてとりあえず今は帰んげげげッ！」

「どど、どうしてくれんのよ！　アンタの説明が無駄に長いせいで最悪の成績じゃない！」

「せ、説明を求めたのはお前だろっ！」

そう叫ぶケウドの肩を理不尽に揺らすスフィアだった。


「まさか……いや、やはり討《う》たれたのかガードウルフよ……」

王都近郊の墓地で、若い金髪の男が嘆《なげ》いていた。

朽《く》ちかけた赤い外套《がいとう》を纏《まと》っており、毅然《きぜん》とした顔つきと佇《たたず》まいからはどこか高貴な貫禄《かんろく》がある。

しかし、実年齢は外見の六十は上。人間から高位アンデットのリッチーになった時の見た目を魔法で維持《いじ》しているだけだ。現に迂闊《うかつ》に強く触れれば肌《はだ》は崩《くず》れ腐った部位が露見《ろけん》する。

それでも男は構わず両手で顔を覆《おお》って泣き崩れていた。

「おおおぉ！　友よ！　我が友よおおおぉ！　なぜ我《われ》をおいて先に逝《い》ってしまったのだ！」

彼は魔王軍幹部のウォンゲム。ガードウルフの唯一無二《ゆいいつむに》の親友である。

人間や魔族の死体をゾンビやグール兵に変えて、魔王軍に貢献《こうけん》していたウォンゲムにとって、人間を殺すことが好みなガードウルフとは相性が良かった。

死体の調達を依頼するうちに意気投合し、いつしか種族の壁を越えて最高の友となったのだ。

ガードウルフと互いに協力して造り出した新魔法で、ヴェルヘミアの貴族を惨殺《ざんさつ》した時はこれ以上なく笑い合ったものだ。

しかし、そんな愉快《ゆかい》な時間はもう訪れない。

呪縛書の回収任務のために森に出向いたガードウルフはそのまま帰らなかった。非常時の待ち合わせ場所がこの墓地だったのだが、もう待つ意味はないだろう。

だが獣人の中でも飛び抜けた身体能力と魔法の技量を持つガードウルフに、正面から勝てる相手など指で数えるほどしかいない。学生ごときに後《おく》れを取るはずがないのだ。呪縛者である王族が学院の生徒として過ごしているのは、もはや確定した。

「許さん……！　許さんぞ……」

激しい復讐心《ふくしゅうしん》に燃えるウォンゲムは懐から呪縛書を取り出す。

表題は『無限の世界に囚《とら》われて』。

その呪縛書は読めば最後、現世から自分の存在が消える。

だが、その厳しい代償《だいしょう》と引き換えに破格の呪縛を得るのだ。ヴェルへミア王国をいずれ内側から瓦解《がかい》させるために手に入れたものだが、今のウォンゲムの最優先目的は目の前の仇討《かたきう》ちだ。自分の悲願よりも最愛の友が優先されるのは当然だ。

「待つがいいガードウルフよ……必ず貴様の手で仇を取らせてやるからな……」

そう仇に凄惨《せいさん》な悪夢を見せることを誓《ちか》い、ウォンゲムは呪縛書を開く。

そしてこの日を最後に、ウォンゲムは二度と公に姿を現すことはなくなった。


スフィアの『討伐術《とうばつ》』の試験の結果は結局最下位で終わった。

獣人に襲撃《しゅうげき》されたことを話せば再試験もあったかもしれないが、呪縛書やら王族の件やら秘密にすべき事情があることから結局それも断念したのだ。

そしてスフィアにとってなにが最悪だったかといえば、

「最下位のペアは……ケウド・フラガーと、スフィア・ユニオール！」

マルコス教諭に上位のペアのついでに最下位のペアとして、スフィアたちの名が大々的に発表されたのである。

「えええっ！　上から一番ではなく下から一番？　あの実力者でもなければ許されないレベル

で偉そうにふんぞり返っていたスフィアさんが⁉　最下位⁉　最下位ですのッ⁉」

「星のように届かない高みにいたのに、まさか隕石《いんせき》のごとく墜落《ついらく》して埋もれるなんて……星の輝きを忘れて土埃《つちぼこり》にまみれた姿がお労《いたわ》しいですわ」

　ざわざわと騒ぎ出す生徒一同。

　その信じられないような驚愕《きょうがく》顔で視線が集中した時は、怒りと恥《は》ずかしさでスフィアは顔を真っ赤に染め死にたくなった。

（こ、殺してください……）

　もっとも、スフィアの実力不足でこうなったと思う者は誰もおらず、

「おいおい教えてくれケウド！　どんな魔法を使えばあのスフィア・ユニオールを最下位に落とせるんだ？　大金を払ってもいいから是非《ぜひ》とも教授してほしい！」

「ありがとう。君のおかげでついに我々はあのスフィア・ユニオールを超えることができたようだ。ハハハハハッ！　ふひーひっひっひッ！」

　ケウドに何かしら足を引っ張られたのだと当然のように思われ、むしろよくやったと祝賀会のように生徒たちが彼に詰め寄っていた。

　その光景を陰《かげ》で目撃していたスフィアは普段であれば黙らせに向かっただろうが、もう疲弊《ひへい》し切ってそんな気力すら起きなかった。彼女も彼らもみな今日この日は命拾いしたのである。

　そしてその翌朝。

　スフィアは校舎の石畳《いしだたみ》の廊下を歩きながら、深くため息をついていた。

(……昨日は本当に散々でした)

喉元過ぎれば熱さ忘れるというが、喉元まで焼かれれば流石に熱さを覚えている。

孤高の一匹狼を目指したら狼男のもとにたどり着いて嫌気が差したスフィアは、目標を当初の充実学院ライフ路線に戻すことにしていた。

（何が悲しくて自分から孤独な獣畜生《けものちくしょう》に成り下がろうとしていたんでしょう。入学してまだ間もないのに人間を卒業するのは早すぎます……）

しかし、一匹狼どころか『学院の狂犬』と陰で呼ばれ、もはや獣というより除《の》け者に成り下がっていた彼女に関《かか》わりたがる物好きなどそうはいない。

現に教室にたどり着いた今でもクラスメイトは誰も彼女と目を合わせようとしなかった。

目を付けられれば最後、手が付けられないとクラス内で共通認識でもできているのか、協力して天才、否《いな》天災を乗り越えようとする妙な一体感すらある。

（……今日も本当に散々です）

スフィアはそう心の中で嘆いて長テーブルの自分の席に座る。瞬間、猛獣に侵入されたことにたった今気づいたかのように、隣の席の生徒がガタッと音を立てて怯《おび》えて離れていくのが気に食わなかった。

（野生界では背中を見せたら襲われることを知らないんですかね……）

そんな物騒《ぶっそう》なことを考えながら睨《にら》みつけているからますます人が寄りつかなくなっていることを彼女は知らない。

こうなれば同じハブられ者のケウドを見て、自分は一人じゃないと心の傷を慰《なぐさ》めようとするスフィアだったが、

「集合場所は中庭でいいんだよね？」

ケウドが席でクラスメイトの男子と話しているのに気づいて、愕然《がくぜん》とした。

（あれは……ルータス・オールグリー⁉　なにを血迷ったらケウドのもとに……）

清潔感のある純朴《じゅんぼく》な好青年で女子からの人気も高く、その真面目な授業態度で教師からも評判が良い生徒である。スフィアの有力友人候補の一人だった。

「ああ。明日の放課後、中庭で俺が誰もがあっと驚くものを見せてやるぜ」

そう豪語するケウドだが、もうスフィアはあっと驚いている。スフィアの次にクラスの優等生であるルータスが、学院の落ちこぼれと見なされているケウドと待ち合わせの約束をしているのがなかなか受け入れられなかった。

「えっ、何話してるのケウド君？」

「驚くものってどうせたいしたことはないだろ。まあ暇《ひま》だから見てやるけど」

「いやいや。あの討伐術でスフィア・ユニオールと肩を並べた成績を持つ彼なら、また驚愕に値《あたい》するものを見せてくれると我輩《わがはい》は思うね」

ルータス以外にもヘレナやピエールといったクラスメイトたちが続々とケウドのもとに集まっているのを見て、スフィアはめまいがした。

（なんであんなバカにしていたくせに友達面して集まっているんですか……）

どうやらケウドはスフィアの想像に反して人気があったらしい。

もちろん必要以上に尊大な態度をとって馬鹿《ばか》をやるせいで下には見られているが、雰囲気《ふんいき》を明るくし、まさしく人を楽しませる道化師のように好まれていた。現にケウドの周りに集まるクラスメイトはみんな笑顔である。真顔《まがお》でそれを睨みつけているのはスフィアだけだ。

(……じゃあ、もしかして今このクラスで友達いないの私だけですか……?)

傷を癒《い》やすどころか開かれたスフィアはよろよろと廊下に出ると、ケウドが心配そうに後から追いかけて来る。他のクラスメイトは君子危うきに近寄らずとばかりに、教室に残っていた。

「大丈夫か？　ずいぶんと具合が悪そうだったけど」

「アンタのせいでしょうが。この裏切りものがぁッ！」

「ええっ！　う、裏切りものって……」

いきなりの怒声《どせい》にケウドはうろたえていたが、スフィアは構わず罵詈雑言《ばりぞうごん》をぶつける。

「見損《みそこ》なったわ。まさかクラスメイトを買収して友人関係を築くなんて。いくら払ったのよ」

「いや何の話だよ……別に払ってないし」

「だってそれ以外に考えられないいじゃない。アンタの周りにあんなに人が集まるなんて正気の沙汰《さた》じゃないわ」

「それぐらいで正気を疑うな……天才魔術師として名高いこのケウド・フラガーの近くにいたいと懇願《こんがん》する奴が多いのは至極《しごく》当然だろ、っておい、至極当然のように離れるのやめて。至極当然悲しいから」

引いた表情と一緒に退《ひ》いていくスフィアをケウドは小走りで追いかける。

「至極当然気持ち悪いわ。やっぱり変よ。こんなキモい名乗りを上げる奴が人気者でいいわけがない。たとえ世界が許しても私は絶対に許さない……！」

「それぐらいで世界規模の憎悪《ぞうお》を俺に向けるな……ってかここまでの人気はお前のせいだろ」

「は？　なんで私？」

「お前に関《かか》わる厄介事《やっかいごと》が全部俺に任されるんだよ。それを解決していくうちに俺と仲良くなろうとする奴が増えたんだ」

スフィアは思わずあんぐりと口を開いた。

暴君に意見を通すのが道化の役割として知られるが、どうやらその暴君役を皮肉にもスフィアがこなしていて、その仲介役《ちゅうかい》としてケウドは人気が出ていたらしい。

「お、思い返せば連絡事項やクラスの相談事がなぜかアンタを通して来たような……ってか眼中に入れないようにしてたから気づかなかったけど、ここ最近アンタ以外の生徒とまともに話した記憶がない……」

「最近で済むか？」

「黙れ。一生まともに話せなくするわよ？」

「俺に何する気だ……」

ため息を吐くケウドに、スフィアも心の中で嘆息《たんそく》する。

（まあ呪縛の影響で元からまともに話せていないですけど……）

「ふん、まあ所詮《しょせん》、学院という存在が束の間の関係を構築しているだけで、卒業したらただの赤の他人で忘れられる存在でしかないんだから、あんまり良い気にならないでよね」

「ああ、たった今気が沈んだよ……でもお前から魔法のコツを聞いてきてほしいとか頼まれるし、もしかしたら俺をダシにしてお前と仲良くしたい奴がいるかもしれないぜ？」

端《はた》から見ればケウドの気休めの言葉に聞こえるが、スフィアは真《ま》に受けたようで表情がパァッと明るくなった。

「……！　でしょうね！　そうだと思ったわ！　それ以外で落ちこぼれのアンタとつるむなんて罰《ばつ》ゲームでもない限りあり得ないものね！　謎はすべて解けたわ！」

「ずいぶんと良い気になったな……」

「なら是非とも私と話をしたいって希望する奴を見つけて、私に紹介しなさい。もちろん性格や態度に問題がある奴は弾《はじ》いてね」

そうスフィアに当然のように告げられて、ケウドは一瞬反応が遅れた。

「……俺が？」

「他にいないでしょ」

「お前は自分の存在を数に入れられないのか……勝手に探せばいいだろ」

「性格や態度に問題がある中アンタを使ってあげてるんだから感謝しなさい。言っておくけど『連れて来ました』って報告以外は全部却下だからね」

「いやいやいやいやいや。お前に問題があるわ。簡単に無理難題出すな」

「ああ、そういえば口外しない約束の三つ目の条件を決めてなかったわね。口答えするならバラすわよ。なにをとは言わないけど」

「お前……お前……！」

　ごく自然に悪女のごとくニタリと口端を釣り上げるスフィアに、ケウドは口をパクパクさせていたが、やがて観念したように大きく息を吐いた。

「……わかった。できる限り探してみる。けどいくら廊下の端にいるからって、あまり迂闊にその話題に触れるなよ。誰かに通りがかりに聞かれるかもしれないだろ。なにをとは言わないけど」

「なにをって、実はアンタがエドモンド第三王子で『逆転道化』の呪縛者だってこと？」

「おいッ！」

　口答えしなくてもバラされる暴挙にケウドが露骨《ろこつ》に動揺して叫んだのを見て、きょとんとわざとらしく首を傾《かし》げていたスフィアはふっと満足げに笑った。

「安心しなさい。もう張ってるから」

「張ってるって……なっ……！」

　そこでケウドも異常に気づいたらしい。

　いつのまにか周囲の景色が色褪《いろあ》せている。それはつい最近見た覚えがある光景だった。

「迷彩結界よ。昨日見て覚えたの。簡易《かんい》的なものならもう私も使えるわ。あの獣人のように大規模には展開できないけど、廊下の一角ぐらいであれば造作もないわね」

そうあっさりと答えるスフィアに、ケウドは目を白黒させていた。

「マジかい……昨日のあれだけの時間で結界の構築方法がわかったってのか」

「まあユニオール家は代々記憶力が抜群《ばつぐん》にいいからね。思い返すだけで結界の詳細《しょうさい》を十分に確認できるわ。あのクソ狼の嫌な記憶がよぎるから使いたくなかったけど、これなら遠慮せずに喋れるでしょ」

「ああ助かる……でも驚いた。お前に配慮なんて無縁だと思ってたけど、ちゃんと俺のこと考えてくれたんだな。やべっ、なんか泣きそう」

ケウドが感激したように目を擦《こす》っていたが、スフィアは冷めた眼差しでそれを見ていた。

(どちらかと言えば考えていたのは自分の保身ですけどね……)

呪縛の効果で秘密を漏《も》らすのを避けるために結界魔法を編み出したのだが、誤解を解く必要もないのでスフィアは特に訂正《ていせい》しなかった。

「そうね。確かに泣いても喚《わめ》いても外には聞こえないから安心しなさい。それこそ、アンタをここで拷問《ごうもん》してもね……」

「タスケテーッ！」

「うるさい。冗談にいちいち大げさにリアクションしないで。本当に拷問するわよ？」

「冗談はどこへ……」

「ところでアンタに訊《き》きたいことがあったんだけど、どうしてガードウルフを討伐したことを世間《せけん》に公表しないの？」

昨日と変わらない日常を過ごせているのは、魔王軍幹部を倒したという重要事実をなぜかケウドが伏せているからだ。

するとケウドは肩をすくめて答えた。

「公表すれば誰がどこでどうやったかに焦点《しょうてん》が当てられるだろ。そうしたら俺の正体がバレる可能性があるじゃねえか」

「なるほど……我が身可愛《かわい》さに保身に走るなんて流石は王子様らしいわね」

「王子にどんな偏見《へんけん》を持ってるんだお前は……」

「あれ、でもよく考えたらそれなら安全な王宮に引きこもればいいし、不祥事《ふしょうじ》を隠して名声を守るどころか、功績を隠して汚名を維持するのを保身に走るっていうのかしら？」

「知らん」

「下々《しもじも》の言葉に耳を貸そうとしないなんて……王子様らしいわ」

「お前にとって王子は悪の権化《ごんげ》か何かなのか？」

スフィアのちくちくした嫌味にケウドはがくりと肩を落としながら続けた。

「心配しなくても俺の正体を知っている連中には話を通してる。それにもしガードウルフの身近に仲間がいれば、連絡が取れなくなったことで何か動きを見せるかもしれないからな。それを密《ひそ》かに探ってる状況ってわけだ」

「そういえばあの獣人がウォンゲムって呟《つぶや》いてたわよね。そいつが仲間の名前なんじゃないの？」

「……いや……大昔に国外追放された王子の中にいたんだよ。ウォンゲムって名前の奴が」

「どうしたのよ浮かない顔して」

そう告げた瞬間、ケウドは露骨に沈んだ表情を浮かべていた。

「………」

ウォンゲム・ティーチ・ヴェルヘミア。

それは六十年前、先々代の王を決める時、王位継承権を争っていた元第三王子の名前である。

死体に関する魔法を扱う屍術師《しじゅつし》としての才があり、人類初となる完全な蘇生《そせい》魔法の実現を目指していた。

だが、どれだけ蘇生魔法を試行しても、ゾンビやスケルトンといった自我のない化け物しか生まれず、むしろ死者を辱《はずかし》める行為だと周囲から忌《い》み嫌われた。

最終的には王族や貴族の墓を荒らしたことで、妻子と一緒に国外追放の処分を受けている。

ケウドが歯切れ悪かったのも身内の恥だったからなのだろう。

「本当に悪の権化じゃない……まったくこの国の王子はろくな奴がいないわね……」

ケウドからウォンゲムの話を聞いて、心底《しんそこ》スフィアは呆れていたが、同時に疑問もよぎった。

(でもなぜ私はその名を知らなかったのでしょう……？　偶然ですか……？)

屋敷にある本をおおかた読んだスフィアにとって、六十年前に追放されたとはいえ、その元王族の名を知っていないのは不自然に思えたのだ。

「みなさん揃《そろ》いましたか？　そろそろ授業を始めますよ」

しかし教室でソクシー教諭の『術式学』の授業開始の合図があり、思考はそこで打ち切られた。

スフィアたちが席に戻ると、ソクシー教諭はいつものように眼鏡《めがね》をクイッと上げて、教卓の前で生徒たちに語る。

「術式は基本的に『発動術式』と『視認術式』の二種類に分けられます。まずは『発動術式』についてお話ししましょう」

そう言ってソクシー教諭が杖を振るうと、生徒たちのテーブルと椅子《いす》が規則的に動いて入れ替わった。

「今の現象は私の魔法ではなく、元々テーブルと椅子の内部に組み込んであった術式を私の魔力で起動させたものです。このように『発動術式』は魔力が加わると、その術式に刻《きざ》まれた魔法が発動します。ではミスター・フラガー。もう一つの『視認術式』についての説明を……はあぁ……」

ソクシー教諭が指そうとするが、ケウドは机に突っ伏して爆睡（フリ）しているのを見て、露骨に深くため息を吐いた。それを見て周囲から笑いの渦《うず》が起こる。

しかし、ケウドは気づかれぬようにローブの内側に一瞬手を当てて、ストックの杖に魔法を込めていた。

(恐ろしく速い芸当……私でなきゃ見逃しちゃいますね)

背後の席から注視していたスフィアはその俊敏な動作に感心していると、ソクシー教諭が改めて生徒たちに向き直った。

「はあ、フラガーには後で減点措置《そち》を施《ほどこ》すとして……それではミスター・オールグリー。代わりに説明を」

「はい」

ケウドの前の席にいた優等生のルータス・オールグリーがすらすらと答える。

「『視認術式』はその術式を見た相手に影響を及ぼす術式です。しかし、『発動術式』とは違い、術式自体に元々魔力が備わっており、その術式を見た相手自身の魔力が勝手に作用して効果が現れます。代表的な効果でいえば、軽度のめまいや物忘れ、悪夢を見ることです」

「よろしい。人の目に映った物は非常に人体に影響を与えます。感謝の一文を見れば心は浮かれ、中傷の一文を見れば心が沈むように。魔法を使わずに相手の精神に影響を与えられるのなら、相手の魔力に干渉《かんしよう》できればさらに深く影響するのは言うまでもありません。では実際に『視認術式』をお見せしましょう」

そう言って、ソクシー教諭が黒板にチョークで奇怪な文字や歪《いびつ》な図形を書き出した。

「これは睡魔《すいま》が襲う術式です。十秒も見つめていれば為《な》す術《すべ》もなく机に頭をつけることになるでしょう。文字や図形次第で夢の場所や状況を誘導することも可能です。この術式の場合、何の悪夢を見るかわかる者は挙手を……」

「はいはいはい！　俺わかります！」

そう言って急に机から勢いよく身体を起こしてケウドが両手を挙げるのを見て、ソクシー教諭がまた嘆息する。

「起きていたのですかフラガー。本当にわかって発言しているのですか？」

「はい！　この術式は……えーと。うーんと……にゅーと、ん……」

そう術式を見つめてゆっくりと重力に負けるように机に伏せるケウドに、クラスメイトが爆笑する。寝たフリだとわかってるスフィアはその身体の張りように呆れていた。

「はあ……では代わりにミス・ユニオール。答えられますか？」

「……時間は深夜。場所は教室。内容は補習。もっとも、私よりもそこの馬鹿の方が今なら内容が正確にわかるかと」

その皮肉に周囲から静かな笑い声が起こったが、それで睨まれることを恐れたのかすぐに収まった。一方で吐き捨てるように答えたスフィアはぐっと内心で拳《こぶし》を握る。この空気が少し緩《ゆる》んだ結果に満足していたのだ。

できるだけ答えを簡潔《かんけつ》に述べ、悪態をつくにしてもケウドに向けると決めていたおかげで、ソクシー教諭に「面倒《めんどう》だから指さないでくれますか」と悪態で返すことだけは避けられたのだ。

ケウドの罵倒に関しては本人から了承を得たので、もうそこまでスフィアも抵抗はない。むしろストックの杖に魔法を込める必要がある以上、道化のように扱う方がむしろ望ましいと考えるようにしたのである。

すらすらと答えたスフィアに、ソクシー教諭も満足したように頷《うなず》いていた。

「流石はミス・ユニオール。正解です。今のフラガーは悪夢に苛《さいな》まれていることでしょう。もっとも、この術式の場合、回避方法は簡単で視線を逸《そ》らすだけで済みます。術式を愚直に見つめ続けなければ睡魔に襲われることはあっても、あのように眠ることはありません」

そうソクシー教諭がケウドの方を促《うなが》して、またクラスメイトから笑い声がこぼれる。自然にケウドをイジっているように見えるが、もしすべてわかった上で笑いを誘導しているのならたいしたものだとスフィアは授業とは別の意味で感心していた。

「このように、視認術式は相手の魔力に干渉する分、効果が強いものほど効《き》き目に時間がかかり相手に気づかれることも多いため、実用性には乏《とぼ》しいです。魔眼《まがん》であれば相手と目が合うだけですぐに効果が出ますが……それを扱えるのは王宮の幻獣か最高位に近い魔術師ぐらいでしょう。それでは今日の授業はここまでにします」

そうして『術式学』の授業は終わった。

休み時間に入っても机に頭をこすりつけ、そのまま次の授業が始まり、『感情学』のゲタングリー教諭に怒られるケウドを見て、スフィアは少しだけ同情した。

（ほんと、よくやるものです……）

翌日の放課後。スフィアは学院の中庭に向かっていた。

（ケウドの言っていた『誰もがあっと驚くもの』……いったいなんなのでしょうか）

以前のスフィアであれば退学通知書でも見せるのかと意にも介《かい》さなかったが、王子だと判明して胃を害するほど驚かされた今、簡単にくだらないと一蹴はできない。

（あれですね……）

中庭にいるケウドと周囲の人だかりを確認して、スフィアは近くの柱の陰に隠れる。流石に呼ばれてもないのに『学院の狂犬』と呼ばれる彼女が正面から現れれば、あの和気藹々《わきあいあい》とした雰囲気が壊れる。

スフィアもそれは望まないので杖を振るい、集団の近くまで迷彩結界を道のように張った。結界の外からは彼女の姿が見えないので、透明人間のように近づける。

（しかし……本当に使えますねこれ）

改めて迷彩結界の有用性をスフィアは実感した。

この結界内であればどんなに悪態や罵声を吐こうと、外には聞こえない。普段から呪縛の暴走の対処に気を張り続けているスフィアにとって、罵声や暴言を好きにぶちまけられる空間は最高だった。

もっとも外から見えないだけで中には簡単に入れてしまうので、スフィアは通った場所の結界は閉じて、自分の周りと進行方向に短い距離で張る。これで人がよほどイレギュラーに接近しない限りバレることはないだろう。

「シャム！　三段ジャンプだ！」

「にゃあ、にゃあっ、にゃっふううううう！」

そして、その高い鳴き声にスフィアは拍子《ひょうし》抜《ぬ》けした。

一匹の黒猫が中庭の芝《しば》を蹴《け》ってケウドに向かって飛び上がっていたのだ。それを見た周囲の生徒が「おお〜」と拍手《はくしゅ》している。

（なんだ、あっと驚かせるものって、ただの猫ですか……いや三段ジャンプは凄《すご》いですけど）

どうやらケウドはあのシャムと呼ばれる雑種の猫に芸をさせていたらしい。ハイタッチからバク転まで割と多彩な動きをして魅《み》せていた。

「よーしよし。よくできたなシャム……ってぎゃあぁぁツ！」

しかし、最後にお手をしようとしたところで、シャムに手を噛《か》まれてケウドはのたうち回っていた。その姿を見て周囲の生徒たちは笑っているが、おそらくケウドはうずくまりながらも死角では杖に魔法をこっそり込めているのだろう。

（本当に身体を張りますね……）

呆れと感心の半々の気分でスフィアが目を細めていると、さっさと黒猫がケウドの脇《わき》を横切って校舎の裏に走り去っていく。

「あ、猫ちゃん待って！」

他の生徒たちがその後を追いかけ、主役もいなくなったことで自然とお開きとなった。そんな中でケウドはよろよろと立ち上がり、近くにいたルータスに話しかける。

「どうだ……ルータス。驚いただろ」

「う、うん。まさかあれだけの芸を仕込めるとはね。見直したよ」

若干《じゃっかん》表情を引きつらせながらも、ルータスは素直に褒めていた。

「だろ？　寮のルームメイトから飼い猫を借りた甲斐《かい》があったぜ」

「君の猫ではないのか……」

そう呆れた笑みを浮かべているルータスの横では、クラスメイトのキザな男子、ピエールが肩をすくめていた。

「やっぱりな。最後に噛まれてるし、おかしいと思ったぜ。そういやルータスもいなくなったルームメイトの同級生からペットを預かってるよな？」

「（いなくなったルームメイト……？）」

ケウドと結界内のスフィアが首を傾げると、ルータスは気まずそうに言った。

「実は一昨日《おととい》の放課後に寮のルームメイトが「授業が難しすぎる！　もうこんな学院にいられるか！　私は実家に帰らせてもらう！」とか急に言い出して学院を出て行ってね。まだ帰って来てないんだよ」

寮は基本的に相部屋だ。ペットを飼育する時も同室で行うので、ペットに抵抗がある者は最初の段階で申し出ておかないと後でえらい目に遭《あ》う。

もっとも、成績上位者に限っては特別に一人部屋も選べるので、スフィアはノータイムでそちらを選んだ。友人にふさわしいかどうかもわからない得体《えたい》の知れない第三者と同じ部屋に放り込まれるなど拷問に等しい。確実に一人になれる空間を放棄《ほうき》する理由がなかったのである。

助かったと彼女は思っているが、一番助かったのは同室で罵声を浴びずに済んだ生徒である。

「その際に置いていったネルマジロのペットを部屋でそのまま飼うことにしたんだ」

「なんだそりゃ。無責任な奴だな」

ケウドがそう眉《まゆ》をひそめると、ルータスも疲れたように苦笑していた。

「元々神経質な人でホームシック気味だったんだ。声をかけても人を寄せつけようとしなくてね。国外の留学生だったから環境に慣れなかったんだと思うよ」

「それでネルマジロってなんだ？」

ケウドの投げかけた疑問にルータスは丁寧《ていねい》に答えた。

「アルマジロの中でも睡眠時間が一番長い種類のことでね。一日に一時間しか起きていないからほとんど飼育に手間はかからない動物なんだよ。だから彼が寮の部屋で飼うことに特に異論はなかったんだ」

「アルマジロってなんだ？」

「そこからだったか……」

ケウドの無知さにガクッと崩れ落ちるルータスとピエール。しかし、実際に無知なのは彼らである。事情を知っているスフィアはそのケウドのとぼけぶりに苦笑した。

（こんな演技に本気で怒っていたかと思うと、徒労感がありますね……）

しかし、やはり流石に王族がこのような恥を晒して生きているとは思えないからか、二人に疑う気配はまるで見られなかった。

「まあ知らねえなら、今度ネルマジロをケウドに見せてやればいいじゃねえか。それが一番てっとり早い。だろ？　ルータス」

仕切り直すようにピエールがそう促すと、ルータスは神妙《しんみょう》な顔で頷いていた。

「……そうだね。まあ今はネルマジロよりもシャムを捜した方がいいんじゃないかな。ルームメイトの猫なんだろう?」

「いけね、そうだった！　シャム～！」

ケウドたちが中庭から立ち去り、周囲に誰もいなくなったのを見計らってスフィアは迷彩結界を解いた。

「ふう、ようやく邪魔者が消えたわね」

中庭からなかなか離れないので、危うく魔力が枯渇《こかつ》して結界を維持できなくなるところだったが助かった。

そうスフィアが安堵《あんど》して額《ひたい》をぬぐっていると、校舎裏から回って来たのか、シャムがいつのまにか中庭に戻って近くまで来ていた。スフィアはふとシャムを見つめる。

（……よく見ると可愛《かわい》いかもしれませんね）

その黄金の鋭い目つきはブスッとしていて可愛くない、いや逆にそこに可愛らしさを覚えるような顔立ちだった。黒い毛並みもふさふさしていて、触ると気持ちよさそうだ。

「良い意味でブサイクな猫ね。うん。ブスブス。どこからどう見ても可愛くないわ。それなのにあんなバカの人気取りに使われてアンタも大変ね……ってイタッ、痛い、痛あああぁッ！」

スフィアがそう言いつつ同情したようにしゃがんで頭を撫《な》でようと手を伸ばした瞬間、シャムに勢いよく手首を噛みつかれた。腕を振って払い落とそうとするが、シャムの牙《きば》は手首に食い込んだまま離れない。

「痛い痛い痛いッ！　マジで痛いッ！　離れろってんでしょこのクソ猫がッ！　っすぞ！」

思いっきり腕を振って、ようやくシャムの牙からスフィアは解放された。しかし、手首にはしっかりと歯形が残り、赤く腫《は》れ上がっている。しばらく痕《あと》が残るのは確実だった。

「シャーッ！」

しかもなお、シャムは毛を逆立ててスフィアを威嚇《いかく》していた。それには流石にスフィアも苛《いら》立《だ》ちが募《つの》った。

（こ、この……よく見たらまったく可愛くないです。顔からして悪人……いえ悪猫面ですねあれは。そのまま心までブサイクです）

手首に走る激痛がスフィアの心を醜《みにく》くさせたのかもしれない。

依然《いぜん》として牙を見せて威嚇してくるシャムに向けて、スフィアは容赦なく杖を構えていた。

【ボムル！】

瞬間、スフィアの杖先が爆発して、驚いたシャムが飛び上がって慌《あわ》てた様子でその場を走り去っていく。

もっとも【ボムル】は爆発音を出して驚かせるだけの魔法なので、別に直接危害を及ぼしたわけではない。威嚇には威嚇で返しただけの話である。

それでも効果は十分。退散していくシャムを見て、スフィアは指を差して満足げにけらけらと笑った。

「ハッハーッ！　下等種族が人間様に勝とうなんて百万年早いのよ！」

高笑いするスフィア。しかし、この時の彼女は気づいていなかった。

「うわぁ……」

いつのまにか何人かの生徒たちが中庭に戻って来ていて、その光景を見てドン引きしていたことに。


数日後。

校舎の東広間に一年生の生徒たちが勢揃《せいぞろ》いし、『討伐術』でおなじみマルコス教諭による『決闘術』の授業が行われていた。

『決闘術』とはその名の通り、生徒同士で決闘を行う授業である。外敵に対する牽制《けんせい》や防衛経験を積むことを目的としている。

攻撃的な魔法を扱うため多少危険はあるが、生徒が着用している学院指定のローブは魔法への抵抗力が優れていて、並の魔法では傷一つかないので基本的には問題ない。基本的には。

「よーし、じゃあさっそく始めるぞ。まずは見本として俺がじきじきに相手になるから、誰か俺の決闘の相手を務めてくれる奴はいないか？」

広間の中央にある決闘台に立ったマルコス教諭が周囲を見渡すと、ケウドが勢いよく両手を挙げてジャンプして名乗りを上げた。

「はーい、俺！　俺がやりますやります！」

「……務めてくれる奴はいないか」

「先生！　見えてないんですか！　俺はここです！　ケウド・フラガーはここにいます！　先生ええええぇッ！」

その迫真の叫びから露骨に視線を逸らすマルコス教諭を見て、一年生たちから笑い声が起こる。ケウド以外の手が挙がることもなかったので、結局マルコス教諭の方がお手上げとばかりに渋々《しぶしぶ》ケウドを壇上に招いた。

互いの杖先を触れ合わせた後、双方が向き合ったまま三歩下がる。そして杖を構えた時が、決闘開始の合図である。

「よしケウド。好きな魔法で攻撃していいぞ」

「先生、別に倒してしまっても構わないですよね？」

「早くしろ」

「いいでしょう。はあああああぁ！　高まれ俺の魔力、煌《きら》めけ俺の魔法！　地獄の爆炎がこの世に顕現《けんげん》する時、世界は終わりの悲鳴を上げる。うぉおおおおおお！　くたばれマルコス！今さら後悔してももう遅い！　【ファイナルハイルフレアアアアアアアアァ！】」

ケウドの杖先から発射された火の玉がマルコスを襲う。しかし万事休《ばんじきゅう》すか、と思う生徒はもちろん誰もおらず、マルコス教諭は大きく息を吐いた。

「それはただの【フレア】だあああぁ！」

「ぬわあああああぁッッ！」

瞬間、ケウドの身体が勢いよく後方にすっ飛んでいく。マルコス教諭が放った風の魔弾で

【フレア】の炎はいともたやすく霧散《むさん》し、そのままケウドのローブに当たって吹き飛ばしたのである。

このまま飛んでいけば後ろの石柱に衝突するが、その前にマルコス教諭が杖を振るった。

【ワーフ】

「あああぁ……ッってお、おおお！」

マルコス教諭が唱えた浮遊魔法で、ケウドは羽が舞うようにゆっくりと地面に着地していた。

「まあ流れとしてはこんな感じだ。じゃあ早速《さっそく》二人ずつ壇上に上がってくれ」

そう何事もなかったかのようにマルコス教諭は進めていく。それを見てケウドは心底悔《くや》しそうに床をドンと拳で叩《たた》いた。

「畜生！　あと一歩だったってのに！」

「いや千里はあっただろ」

脇からピエールが呆れたようにケウドにツッコミを入れる。

「でも前よりお前【フレア】の魔法がだいぶマシになってるんじゃねえか？　千里離れているのは間違いないけど、そこに向かうための偉大な第一歩ではあったと思うぜ」

「うんうん！　ケウドくん凄かったよ！　私見てて感動しちゃった！」

「そうか？　いやあ、それほどでもないぜ」

「うん！　それほどでもないけど！」

「ないのかよ！」

た。

続々とケウドのもとに生徒が集まっていく。それを見ていたスフィアは普通に面白くなかった。

「「アハハハハハハハハハ」」

（楽しそうでいいですね……）

相変わらずスフィアの周りには腫れ物を避けるように誰もいない。しかも数日前に猫に向けて魔法を唱えたところを目撃した者が陰で広めたせいで、動物虐待《ぎゃくたい》の噂《うわさ》まで流れている始末。憂鬱《ゆううつ》にならない要素がない。

「よし次、ユニオールとフォレント。前に出ろ」

マルコス教諭に呼ばれ、スフィアははっとして壇上に上がる。正面には他クラスの男子がびくびくしながら立っていた。

「あ、あのスフィアさん。どうかお手柔らかに……」

「まさかとは思うけど、この私に授業で手を抜けとほざいてないわよね」

「い、いえ！　真剣勝負でお願いします」

「命が惜《お》しくないのね。実力を弁《わきま》えないのは一番不快よ」

もはや相手の生徒の顔は青白くなり生気を失っていた。

そして決闘が始まると同時にスフィアは容赦なく魔弾で場外に吹き飛ばして軽く瞬殺した。

言うまでもなくスフィアの勝利である。

しかし、周囲の空気は完全に静まり返っていた。

現に凱旋《がいせん》したスフィアに駆け寄って来る生徒は誰もいない。ケウドよりも圧倒的な実力を見せつけたにもかかわらず、誰もが目を逸らすように俯《うつむ》いていた。やはり普段の言動が災《わざわ》いしてもう誰にも称賛されなくなってしまったのだろう。

（うう…やはり強者は弱者に迎合《げいごう》できず孤独になるものなのでしょうか……）

スフィアがやるせなさを感じながらため息を吐いていると、決闘場のそばでぼんやりと立っているルータスに気づいて思わず息を呑んだ。

寝不足なのかルータスは目の下に酷《ひど》いクマを作っていた。数日前にくらべるとどこか頰《ほお》がこけているように見える。

「……なんかやつれてないアンタ？」

そう声をかけると、まさか話しかけられると思わなかったのか、ルータスが少し動揺を見せていたが、すぐに落ち着きを取り戻して答えた。

「そ、そんなことは……あるかな。……君の成績があまりにも凄いから生半可《なまはんか》な努力じゃ追いつけないと思って徹夜していたんだ」

「追いつく気でいたの。へえ。無駄な努力だけどその気概《きがい》は素晴らしいじゃない。夢は見ているうちが幸せというし、ずっと幸せでいられて羨《うらや》ましいわ」

そのように吐き捨てる自分にスフィアはげんなりした。

（さ、最低な褒め方です……早いところ立ち去りましょう……）

早々に話を打ち切って立ち去ろうとした時、

「あ……」

「なによ？」

ルータスがなにか呼び止めようとする素振りを見せたが、スフィアの鋭い眼光の前に萎縮《いしゅく》したのかやめてしまった。

「いやごめん。なんでもない」

「はあ、その思わせぶりな態度だけ見せて時間無駄にさせるのやめてくれる？　うざいし二度と話しかけてこないで」

（最初に話しかけたのは私です……）

そう内心で嘆息しながらまた一人の静寂《せいじゃく》の時間が訪れる。迷彩結界を使ってなくても周囲にはいない者のように扱われていて、スフィアは悲しくなった。

（うう……どうせ私なんて、このまま一人で突出した天才として語り継がれる孤高の未来しか待っていないんです……）

心の中で充実した学院ライフからただ遠ざかっていく現実にしくしくと嘆いていると、ケウドが潑剌《はつらつ》とした表情でスフィアのもとにやって来た。

「流石だなスフィア。俺のライバルだけあって見事な腕前だったぜ」

そう唯一褒められて内心スフィアは気を良くしたが、それが素直に表に反映されることはもちろんなく、むしろ不機嫌そうに腕を組んだ。

「アンタなんて眼中にないわ」

「じゃあ耳に入れておきたい話があるんだ。なんと驚け。いたんだよ」

「そりゃあれだけ吹っ飛ばされればアンタのローブも傷《いた》むでしょ」

「ちゃうわ。お前の出した友人の条件に見合う奴が一人だけ見つかったんだよ。明日会ってもらえないか？」

それを聞いてスフィアは一瞬目をしばたたいて怯《ひる》んだ後、

「そう。やっぱりどれだけ遠ざけようとしても、私の危険な魅力に抗えない者がいるのね……」

そう憂《うれ》い顔で虚空《こくう》を見つめた。だが実際のところ内心は、

（やったー！　いひひひひっ、これからは私の時代です！　だーれが孤高の未来ですか。初めから知っていましたよ私は。この私に待っているのは光輝く黄金の未来だということを！）

架空《かくう》の太陽に指を差し、スフィアは一気に調子に乗って満面の笑みを浮かべていた。

だが……この時のスフィアは知らなかったのだ。

その光輝く黄金の未来は、お先真っ暗だったということを。


そして翌日の昼休み。

約束通りスフィアはケウドの仲介で友人を紹介してもらうことになった。

待ち合わせ場所は学院の図書室。その友人希望の相手が来るまで、スフィアは本を読みながら時間を潰《つぶ》していた。

（だ、大丈夫ですよね……？　悪態しかついてないのに向こうが友達になりたいと勝手に頼み

込んできているのですから。私がどんな罵詈雑言吐いても快く受け入れてくれますよね?)

端《はた》から見れば最悪なことをスフィアがそわそわしながら考えていると、テーブルの向かいで本を読んでいたケウドが少し真面目な表情で顔を上げた。

「……あのさ、最近、ルータスの様子が明らかにおかしいんだけど、なにか知らないか?」

スフィアも引っかかっていたことをケウドに切り出される。もっとも、クラスメイトとの交友がほぼほぼ皆無《かいむ》なスフィアが知る情報など限られている。

「私の成績に追いつくために必死で徹夜してるみたいよ。そう言っていたわ」

「いや、授業にも明らかに身が入ってないんだよ」

「私との差が離れていく一方で絶望したんでしょ。罪作りな女だわ私も。ってかなんで私に聞くのよ。他の奴らの方が私なんかよりもよっぽど接点があるんだから知ってんでしょ」

そうスフィアが嫌味を混ぜて尋《たず》ねると、ケウドは言いづらそうに目を伏せて言った。

「いや……実は、お前に恐喝《きょうかつ》されて精神的に不安定になったって教室で噂になってるんだ」

「はあ?」

流石にそれはスフィアも看過《かんか》できなかった。

どうやら前の『決闘術』の時間にルータスと話しているのを見た誰かが悪意で歪《ゆが》めて言いふらしたらしい。本当に罪作りの女にされている。

「事実無根よ。今度そんな噂流したら命はないと思え、って広めといて」

「恐喝の信憑性《しんぴょうせい》を高めてどうする……」

ふんとスフィアが頬杖《ほおづえ》をつくと、ふとケウドが読んでいる本の表題が目に入った。

「へえ、『モンスター・スチューデント』か。良い本読んでるじゃない」

「知ってるのか？」

「もちろん、幼《おさな》い頃からのお気に入りの本よ。百回は読んだわね」

魔術師として怪物並みの力を持って恐れられていた主人公が、学院生活を通して周囲に認められていくサクセスストーリーで、友人が増えて幸せそうに過ごす主人公にはスフィアも胸が熱くなった。

家に引きこもっていたスフィアが、学院生活に強い憧《あこが》れを持つようになったきっかけの一つでもある。

「途中で敵に誘拐《ゆうかい》されたり、ヒロインが重い障害を負ったり、主人公が理不尽に醜悪《しゅうあく》なモンスターに変えられたりと辛《つら》い展開が続くけど、最後はヒロインのキスで化け物から人間に戻ってハッピーエンドになるから心配しなくていいわ。ベタだけど面白いから是非読んでみて！」

「ならネタバレすんな……」

目をキラキラさせたスフィアに当然のようにオチまで語られ、ケウドはパタリと本を閉じてため息を吐いた。意図した悪意よりも時に善意の方が厄介である。

「ってか百回も読んだのかよ。そんなに読み返したら流石に飽きるだろ」

「飽きないわよ。読み終わった後に忘れてまた読み直してたから」

スフィアの言葉にケウドは首を傾げた。

「……？　意味わからん。読み終わったなら覚えてるだろ」

「忘却魔法を使ったのよ」

「ああ……いや待て、忘却魔法は記憶に蓋《ふた》をして思い出しにくくするだけで、その記憶に関係する物を見たら連想して思い出しちまうだろ。特に何度も目にして頭に入れる本との相性は最悪じゃねえか」

「問題ないわ。私の魔法は一度で済む『忘却消除《しょうじょ》の魔法』だから」

　そうスフィアが自慢げに言った瞬間、ケウドの表情がみるみるうちに引きつった。

「ぼ、忘却消除の魔法……⁉」

「あら知ってたのね。記憶に蓋をするんじゃなくて完全に破壊して抹消《まっしょう》することで、本当の意味で一から新鮮な気分で読み直せるのよ。自分の記憶なら部分的に忘れられるから、いつでも嫌な記憶を頭の中から消せるってわけ」

　正式な魔法名は【エルキヨーク】。語感があまりよくないので、スフィアは唱える時以外は通称の忘却消除の魔法で通している。

　スフィアが呪縛で口を滑らせてケウドの秘密をバラした時に、対策として考えていた得意魔法がこれである。もっとも他者の記憶は自分の記憶と違ってわからないため、部分的に選択して記憶を消すことはできない。それでも直近の記憶を消す分には問題ないので、不意に秘密を漏らしても対処できるのだ。

　忘却消除の魔法は上級魔法の中でも上級上位に分類される極《きわ》めて難しい魔法である。

しかし、ケウドが息を呑んだのはその魔法が扱えるからではない。扱っているからだ。

「お前……忘却消除の魔法って一歩間違ったら脳に支障が出るヤバい魔法じゃねえか！　しかもそれを百回って……」

「いやこの本で百回だから。実際は千をとうに超えているわ」

千どころか一線を超えた発言に、ケウドは顔面蒼白《がんめんそうはく》となってふらふらと椅子《いす》に深くもたれかかった。それもそのはず、常人《じょうじん》なら一瞬で廃人《はいじん》になる自殺行為である。

「いや心配しなくても得意魔法だから大丈夫よ。ストックの杖に魔法を込めるのと大差ないわ」

「杖は爆発しても買い直せるけど頭は替えが利《き》かないだろ。頭の心配しかねえ……」

そうケウドに心底ドン引きされてムッとしながらも、スフィアは違和感を覚えた。

（しかし……どうして私はそんなリスクの高い魔法を習得しようと思ったのでしょう？）

いくらゼロから読み返したくなったとはいえ、どうしてそんな脳に負荷がかる魔法を自分の身体で試そうとしたのか、最初のきっかけがスフィアはどうしても思い出せなかった。

「お待たせしました！」

しかし、そのとき恭しく頭を下げてやって来た少女を見て、スフィアはすぐに疑問を放り出した。

「サージェリー・ムーンライトファングと申します！　今日はあの学院ナンバーワンと名高いスフィアさんとお話しできる機会をいただけるなんて、至極光栄です！」

黒髪のツインテールの少女がそこにいた。

陽気な雰囲気が眩《まぶ》しく、陰気なスフィアに一瞬拒絶反応が出たが、心を全開に開いて信頼を預けようとする態度はスフィアも悪い気がしなかった。吊《つ》り目で物腰は柔らかく、汚れのない真実だけを語っているように見える。着ているローブの裾《すそ》を直して、粗相《そそう》がないようにと配慮しているのも好印象だ。

「アンタのチョイスにしては悪くないじゃない。及第点《きゅうだいてん》ってとこね」

「だろ？」

嬉《うれ》しそうに頷くケウド。しかしスフィアは少し違和感を覚えていた。

（でも同級生にこんな人がいたでしょうか……？）

何度か他クラスの生徒と合同で授業を受けたが、スフィアはサージェリーの顔に見覚えがなかった。一度顔を合わせればその顔をほとんど忘れたことがないスフィアにとって、いささか奇妙な話である。

（まあたまたまその時だけ休んでいたか、顔を合わせる機会がなかっただけですね。きっと）

そう結論付けてスフィアはサージェリーの方を向いた。

「でも私、友人は選ぶ方なの。私と共に行動するのに見合うだけの価値があるか、この休み時間のうちに証明してくれる？　できないなら帰っていいわ」

辛辣《しんらつ》な物言いだが、これは第一関門だ。

この程度の暴言や無茶を乗り越えられないようであれば、どの道、悪態強化の呪縛を持つ自分とは一緒にはいられない。

しかしスフィアの不安は杞憂《きゆう》だったようで、他の生徒であれば震え上がるかドン引きして、「この話はなかったことに……」とそそくさ立ち去るところをサージェリーは笑顔で頷いていた。

「もちろんです！　今日はスフィアさんが私のことを忘れたくても忘れられないような時間にするつもりですから！」

その眩しい笑顔にスフィアは涙が出そうになった。敵意や警戒が見えない純粋な笑顔は、スフィアの荒《すさ》んでいた心を癒やしてくれたのである。

（ああ、私が求めていたものはここにあったのですね……）

すると、サージェリーは指をもじもじさせながら上目遣《うわめづか》いにスフィアの方を見た。

「あとその……できれば二人きりになれる場所でスフィアさんに相談したいことがあるのですが……？」

「相談？」

「なんだ？　相談なら俺が乗ってやるぜっ」

「図に乗ってんじゃないわよ」

スフィアはぐいっと身を乗り出したケウドのローブを摑《つか》んで突き放す。

「アンタは黙ってなさい。ほら仲介はもういいからどっか行って」

そして追い払うように、スフィアはローブのポケットから一枚の紙片を取り出してケウドに渡した。

「なんだこれ」

「キングパフェのチケットよ。入学試験で首席を取った時に賞品として渡されてね。食堂にそれを持って行けば特大のパフェが食べられるわ。今日の働きの報酬《ほうしゅう》としてアンタにあげる」

そう告げられてケウドは信じられないとばかりに目を丸くしていた。

「ど、どういう風の吹き回しだよ。ま、マジで……いいのか？」

「私は働いた者には報酬を与える方よ」

「うぉおおおお、スフィアありがとぅぅぅ！」

そう大げさに大喜びして図書室を出ていくケウドにスフィアはため息を吐く。

（まあ純粋な善意では渡せないですけどね……）

呪縛がある中で優しさなどそう見せられるわけがない。単にスフィアが甘い物が嫌いでチケットを処分したかったのと、サージェリーに寛大なところを見せつけて評価を上げたかっただけである。

視線を戻して、スフィアは思わず息を呑んだ。サージェリーが凄《すさ》まじく表情を歪めてケウドが去った方を睨《にら》んでいたのだ。

「アンタ……そんな表情できたのね」

そうスフィアが素直に感想を口にした途端《とたん》、サージェリーがはっと我に返ったようにあわあわと恥ずかしそうに両手を振った。

「す、すみません。あまりに図書室で騒がしく下品でみっともなく退出するので、つい苛立ちが表に出てしまいました」

（ああ、わかりますその気持ち……事情を知らなければ私もそう思っていました……）

酷い言われようではあるが、なぜかクラスメイトがケウドの醜態を持ち上げているのが気に食わなかったスフィアは、サージェリーの本音に深く共感した。

（うん。相性が良いです。これなら友達に、いや親友になれますね……！）

そんなスフィアのしたたかな望みが跡形《あとかた》もなく踏みにじられるのは、この後すぐのことである。


二人きりで相談したいという願いを叶《かな》えるべく、スフィアはサージェリーとともに校舎の最上階の踊り場に向かっていた。

【リーロ】

スフィアがそう唱えた瞬間、天井が円形に切り取られて屋上の石畳の地面が台座のようにゆっくりと降りて来る。屋上から差し込む光を眩しそうに眺《なが》めながら、サージェリーは目を見開いていた。

「これは……」

「屋上への階段は封鎖《ふうさ》されているからね。秘密の通路を勝手に作ったのよ」

「勝手に……つまり学院に無断で違法改築して通路を作ったということですか？」

「そういうことになるわね。こんな簡単に侵入される方が悪いのよ。それに学院の判断より私の独断の方が正しいから問題ないわ」

そう当然のように語るスフィアにサージェリーは圧倒されたように苦笑する。

「流石は学院ナンバーワン。やること為すこと、規模が違いますね」

「でしょ？　ほら乗って。【ワーフ】」

スフィアは調子にも乗りながら簡素な浮遊魔法を唱え、元の天井の位置へと収めるべく台座を浮上させる。

（まあ元々あったものですし……気づかない学院側の不手際ですよね）

説明が足りないせいでサージェリーには誤解されているが、別にこの仕掛けは最初からスフィアが造ったものではない。

教室に居場所がなく一人でスフィアが校内をさまよっていた時に、たまたま天井の術式を発見したのだ。仕掛けられた術式は古く、おそらく過去の学生が勝手に仕込んだものだろうが、一人でいられる空間が欲しかったスフィアにとっては好都合だった。すぐに修繕《しゅうぜん》して使えるようにしたのである。

だからといって教諭にそのことを報告せずに私的に使用していいわけはないのだが、呪縛の影響からかスフィアのセーフティーラインは既《すで》にすっかり低い。

（そうです。そもそも学院のセキュリティがここまで疎《おろそ》かなのがいけないんです。授業中に敵の侵入を許して、生徒の私が殺されかけたことの方がよっぽど問題ですし、未《いま》だにそのことに気づいてすらいないんですから、屋上に勝手に侵入したところでどうせ気づきません。むしろ

肉体的精神的苦痛を受けた被害を訴えないで、これぐらいの違反で済ませている私に感謝してもらいたいくらいです）

そうスフィアが良心の呵責《かしやく》から来る後ろめたさに負けて、勝手な自己弁護にかまけていると、サージェリーが言いづらそうに切り出した。

「……一つ訊いてもいいですか？　スフィアさん」

「ん、何よ」

「あの方とスフィアさんはどういう関係なのでしょうか？　突然スフィアさんとお友達にならないかと勧誘されてこの場に来たのですが……」

どうやらサージェリーはケウドとは初対面だったようで、無理やり連れて来られたらしい。

（……そういえばどういう関係なのでしょうか）

経緯《いきさつ》が経緯なのでスフィアも深く考えたことがなかった。本来であれば王族のエドモンドに対して、スフィアは臣民《しんみん》として敬《うやま》うべきなのだが、それが呪縛で逆転していることで関係性がよくわからないことになっている。

（正直に言うわけにもいきませんし、ここは彼が王族と悟られないように無難に誤魔化《ごまか》しておくのが正解ですね）

「強《し》いて言えば奴隷《どれい》か下僕《げぼく》……かしら。私がどんな無理難題を押しつけても逆らわないのよ。まあ学院の落ちこぼれが学院ナンバーワンの私と一緒にいることを特別に許してあげてるんだから、アイツも私に毎日感謝してるでしょうね。アンタもあんな底辺にはなっちゃダメよ。人生終わりだから」

強いて言えばというより虐《しいた》げる罵倒にスフィアはげんなりしたが、それをサージェリーに話したことについては危惧していなかった。

（ふふ……ここは陰険地味《いんけんジミ》の教材でやったところです。敵の敵は味方。相手が嫌いな相手を嫌うほど好まれるのですよね）

ケウドに悪いと思いながらも、文句を言い合うことで仲良くなろうと画策《かくさく》するスフィアだったが、

「やはり……貴方《あなた》は噂通りの人物のようですね」

すっとサージェリーが凍《い》てついた表情に変わったのを見て、スフィアは思わず呆気《あっけ》にとられた。

「……え？」

台座が天井の位置に収まり、開けた屋上に出る。

しかし、出迎えた青空に反して今の状況は暗雲が漂っていた。

「酷い悪態で誰にでも噛みつくことから『学院の狂犬』と呼ばれる最悪の生徒。学院ナンバーワンと自称しながらつい最近の『討伐術』の試験では最下位。常日頃《つねひごろ》から人に避けられ距離を置かれる様《さま》は悪臭漂うゴミのよう。いえ、歩くゴミですね貴方は。なぜ生きているんです？」

「な、ななな、なんですって……！」

こめかみをひくひくさせているスフィアに怯むことなく、サージェリーは鼻で笑い飛ばす。

「まさかとは思いますけれど、貴方のような人間の汚点が本当に尊敬されているとでも思っていたのですか？」

急な態度の豹変《ひょうへん》に置いていかれていたスフィアだが、その嘲笑《ちょうしょう》でようやく認識を改めた。

少なくともスフィアに対して好感どころか反感を持っているのは明らかだ。

「……なるほど？　友人希望ってのは嘘《うそ》だったのね。でもアンタ……私にそんな口きいてタダで済むと思ってるわけ？」

「報復でもするつもりですか？　一人で。友達いないですものね。一人も」

（プチプチプチ）

その煽りがスフィアの逆鱗《げきりん》に触れた。そしてローブから手袋を取り出すと、それをサージェリーの足下に投げつけて怒りに任せて叫んだ。

「サージェリー・ムーンライトファング！　私と誓約決闘なさい！」


誓約決闘。

それはいにしえより伝わる魔術師同士の本格的な決闘のことである。

手順自体は『決闘術』で行った決闘とほぼ同じだが、違う点は手袋を投げつけて相手に拾わせることと、杖先を触れ合わした時に互いに誓約の詠唱を唱えることだ。

その時に交《ほ》わした誓約は杖を通して全身に術式として刻まれ、決闘終了後に強制的に実行される。反故《ほご》にはできないので、誓約の内容次第では呪縛以上に自分の首を絞《し》めることになる。

しかし、スフィアはこの決闘で負けるなどとは微塵も思っていない。魔法を極めし強者。スフィア・ユニオールが弱いワケがないのだ。

「それで誓約の内容は？」

「そうね。敗者は地べたを這《は》ってしばらく犬の真似でもしてもらおうかしら」

スフィアの言葉にサージェリーは萎《な》えるように嘆息した。

「……はあ、何を言うかと思えば趣味が悪いですね」

「私の信者に成りすましたアンタに言われたくないわ。さあ杖を出しなさい。誓約を交わすわよ」

そう杖を触れ合わせて誓約の内容を互いに詠唱し、誓約決闘が成立した。

互いに三歩下がって杖を構える。睨んでいたスフィアも強者の余裕か今では不敵な笑みを漏らしていた。

「よく逃げずに決闘を受けたわね。その点だけは褒めてあげるわ」

「逃げる？　どうして？」

そう本当に理由がわからない様子できょとんと首を傾げるサージェリーに、スフィアは腕を広げて呆れたように首を振った。

「やれやれやれ。死ぬわアンタ。これだから魔法の才能が乏しい凡才《ぼんさい》は困るわ。おバカさんに教えてあげるけど、学院ナンバーワンとして君臨するこの私がアンタ如《ごと》きに負けるわけないの」

（……ん？）

「私の魔力量は常人《じょうじん》の五倍。扱える魔法の数は十倍。それに比べてアンタは無名のたかが一般生徒。実力差は歴然で私はアンタの百倍強いわ。つまりこれが何を意味するかわかる？　アンタがこの私に勝てる可能性なんて、万に一つもないってことよ！」

（いやあああぁッ！　やめてその強い言葉に反した小物ムーブ！　なんか負けそうです！）

そんな内心の叫びを無視してスフィアは叫んだ。

【レジル！】

瞬間、黒く禍々《まがまが》しい球状の魔弾が勢いよく杖から発射された。

サージェリーの脇を漆黒《しっこく》の軌跡が一瞬にして通り過ぎていく。仮に命中していればローブで守られているとはいえ、数メートルは軽く吹っ飛ばされただろう。

「フフフ、声も出ないようね。いや手も足も出ないと悟ったのかしら？　表情が固まってるわよ」

眉《まゆ》一つ動かさないその姿を見てスフィアは勝利を確信した笑みを浮かべていたが、サージェリーはふうと失意をこぼすように大きく息を吐いた。

「はい。呆れて声も出ませんでした。学院ナンバーワンのくせに魔法の精度が悪いのですね」

「この煽りカス虫が……！　【レジル！】」

またスフィアの杖から魔弾が凄まじい速さで発射され、今度はサージェリーの顔すれすれを横切っていく。魔弾の軌道に絶対の自信がなければできない芸当だが、またもサージェリーは驚く様子もなく、スフィアは苛立った。

「今のは最後の脅しよ。今度は当てるわ。反応できないのに強がりを言うのはやめなさい。アンタが吹っ飛ばされてもマルコス教諭のように【ワーフ】の浮遊魔法で助けてあげないわよ」

「反応できなかったのではなく、しなかったのです。外れてばかりで本当に期待外れですね」

「こんの……【レジル！】」

もはや躊躇《ちゅうちょ》なくスフィアはサージェリーに向けて魔弾を放った。が、

「よっと」

「な……」

サージェリーは軽く身体をしならせただけで、魔弾を軽く躱《かわ》していた。それにはスフィアも流石に動揺が隠せない。

（完全に、見切られています……？）

「だから当たりませんよ。貴方のトロい魔弾なんて。ほら、こんな不安定な足場でも避《よ》けられます」

そう言ってサージェリーが屋上の端にある石製の欄干《らんかん》の上に飛び乗り、平然と歩き出したのを見てスフィアは思わず息を呑んだ。一歩間違えれば数十メートル離れた地上に転落する。いつ攻撃が来るかわからない状況で、そんな危険な場所にいるのは命知らずにもほどがあった。

「……危ないから降りなさい」

「大丈夫ですよ。当たらなければどうということはないので」

「なら地獄まで落ちろッ！【レジル！】」

（えええええええええええぇ！　いや待ってッ！）

危ないのはスフィアだった。

欄干から降ろすどころか屋上の外へ容赦なく吹き飛ばそうとする自分に、スフィアは心底青ざめる。それでも魔弾を発射する直前でなんとか杖の方向を変えて、サージェリーから軌道を逸らすことができた。

「どうしましたか？　あらぬ方向に飛ばして。そこに私はいませんよ」

「こ、この……なら避けられないように絶対に当ててやるわ！　【ランスロット・レジ……】」

（だから待って待って待って待って待ってッ！　なにローブごと平然と貫通する凶悪な魔法を唱えようとしてるんですか！）

スフィアは杖を振りかざそうとする右腕を左手で押さえてなんとか踏みとどまる。唱えようとした魔法は【ランスロット・レジル】。黒い槍《やり》の魔弾を大量に乱射する上級上位の魔法で、その数の暴力と貫通性と殺傷力の前に敵は容赦なく串刺しにされる。一歩間違えれば暴発の恐れがあるので世間では禁忌《きんき》の魔法として扱われ、学生が使用することなどもちろん許されていない。

「どうしたのですか？　当たりもしない魔法の次は唱えられもしない魔法を発動しようとでもしたのですか？」

しかし、サージェリーは自殺志願者のように煽り、スフィアに倫理《りんり》を破らせようとしてくる。

「んなわけないでしょうが！　【ランス……！　ランスロ……ッ！】」

（ステイ！　ステイです！）

反射的にまた唱えようとしたので、スフィアは腕をへし折る勢いで手首を握り締めてどうにか押さえつけた。昨日のシャムに噛まれた痕に加えてスフィアの手の痕がさらに残る。

（ま、まずいです……呪縛の制御《せいぎょ》がほとんどできません……！）

スフィア自身にも挑発してくるサージェリーに魔弾をぶち当てたい意思があるせいか、呪縛がそれに繋《つな》がる行動を勝手に取ろうとしてしまう。もう今にも魔弾の魔法を唱えそうだ。

（だったら……制御しないで逆に当てるだけの話です！）

【ロウスレジル！】

命中させる意思が呪縛と一致したからか、今度はブレることなくサージェリーのもとに一直線に魔弾は飛んで行った。

「なんですかそれは。こんなノロい魔弾が学院ナンバーワンの放つ魔法だと思うと涙が出ますね」

しかし、サージェリーの指摘《してき》の通り今度の魔弾はこれまでよりはるかに遅い。今までが弾丸のように飛んでいたなら、今度は下からボールを素手で投げたぐらいには遅かった。サージェリーは脅威《きょうい》に感じる様子もなく、軽く欄干をすたすた歩いて魔弾の軌道から離れていく。

（バカですね！）

しかし、彼女が通り過ぎた魔弾から完全に視線を切った瞬間、スフィアはにやりと笑ってすぐさま杖を振るった。

【ワーフワーフ！】

それは浮遊魔法をさらに精密に発展させた浮遊制御魔法。

サージェリーの脇を通り過ぎた魔弾は方向を急転換して、彼女の背後の死角から襲いかかった。

スフィアが魔弾をここまで遅くしたのは、サージェリーの油断を誘うだけでなく、魔弾の軌道を簡単に制御できるようにするためだった。通常の【レジル】であればとっくに彼女の背後を通り過ぎて彼方《かなた》に消えていたことだろう。

外に向けてではなく、逆に内に向けて魔弾を当てるのならスフィアも抵抗はない。魔弾の速度は落としても、相手は落とさないのだ。

「なっ！　まさかそこから……」

サージェリーは背後から迫る魔弾に気づいて驚いていたが、どう見ても避ける態勢ではない。

（フフフフフ、鮮やかに決まりました！）

スフィアは完全に裏をかいたことを確信して魔弾の着弾を見届けようとしたが、

「きゃあぁッ！」

「ぎゃあああああああああああッ！」

（ぎゃあああああああああああああああああああッ！）

驚いた際にサージェリーが足を滑らせて欄干から下に姿を消したのを見て、スフィアは内心含めて絶叫した。

そしておぞましい静寂が屋上を支配する。身体にあたる風がやっちまったなあと訴えかけてきて、スフィアは心の底から身震いした。

（あ、あわわわわわわわわわっ）

「わ、私は……悪くないわ。そうよ……アイツが、アイツが勝手に落ちたんだもの！」

そう勝手に弁明したがもちろん誰も答えてはくれない。

「いっそ見なかったことにしてここから……いや、でも最後に一緒にいるところを見られてるわよね……なら忘却消除の魔法で隠蔽《いんぺい》を……」

（いえ、人としてそんなのダメです……）

助かりたいという願望から思いつく隠蔽工作を諦め、スフィアは怒りで真っ赤になっていた顔を真っ青にしながら欄干のそばまでゆっくりと近づいた。

（ううう、なんか木の枝とかに引っかかって助かったりしてませんかね……）

そう、死体があるであろう地上をおずおずと覗き込もうとして、

「そこにも私はいませんよ」

「え……」

後ろからの声に慄《おのの》いた。

どうやら引っかかったのはスフィアの方だったらしい。

いつのまにかスフィアは数メートル背後からサージェリーに杖を突きつけられていたのである。肩越しにそれに気づいたスフィアは思わず唖然とした。

「あ、アンタ……」

「おっと、振り向かないでください。動いたら魔弾を放ちます」

「くっ……」

そう杖を向けて脅されては迂闊に動くことはできない。背後の死角を突いたつもりがなぜか立場が逆転している状況にスフィアは混乱を隠せなかった。

「狙《ねら》いは悪くありませんでしたが、頭は悪かったようですね。自分が裏をかかれることを考えてないなんて思慮が足りませんよ」

「……！　アンタ、まさかわざと……」

「流石はナンバーワン。魔弾は遅いですが気づくのが早いですね。その通りです。貴方と同じ浮遊制御魔法を使ったんですよ」

そう淡々《たんたん》と告げるサージェリーにスフィアが忌々《いまいま》しげに舌打《したう》ちする。

どうやらサージェリーは【ワーフワーフ】で自分の身体を浮かせて反対側から屋上に上がって来たようだ。本当にアイツが勝手に落ちていただけで、スフィアは悪くなかった。

「さあ、降参してください。それで誓約決闘の誓約が成立します」

「……汚い奴ね。正々堂々戦ったら勝てないからって卑怯《ひきょう》な手を使うなんて」

そう吐き捨てると、サージェリーは億劫《おっくう》そうに答えた。

「貴方が裏をかいたように私も裏をかいただけですよ。それに逆です」

「逆？」

「貴方が私に負けても言い訳できるように、純粋な力勝負をやめてさしあげているんです」

「は……？」

一瞬、スフィアはサージェリーが何を言っているのかわからなかった。

「熟練の魔術師であれば、こんな子供だましに引っかかりませんよ。ましてや裏をかかれたくらいで汚いなどと喚くようでは、自分は未熟者ですと恥ずかしげもなく主張するようなもの。そもそも口汚く罵《ののし》ることしかできない喋る汚物が汚いとか片腹痛いですね」

「こ、こいつ……」

スフィアはまた頭に血が上ったが、サージェリーの言葉に信憑性があるのもまた事実だった。

【ワーフワーフ】は中級魔法だが、それを落下中に発動し、自分の身体を浮かして思うように移動させるなど超高等技術にもほどがある。明らかにスフィア同様、一年生のレベルではない。

状況は最悪。しかし、これぐらいで不覚を取るようであれば、彼女が学院首席になどなれるわけがない。

「なら今度こそしっかり落ちてもらうとするわ！」

「な……」

そうスフィアがノールックで杖を振るった瞬間、サージェリーの足下の石畳が円状に切り取られて落下していった。彼女が立っていた位置はスフィアが魔法で細工したあの天井の台座がある場所だったのだ。

屋上から落とすのは流石に気が引けたが、一階下ぐらいに落とすぐらいならもうヘイトが溜《た》まりすぎて抵抗がない。サージェリーに対する好感度の下げ幅がそのまま現実に反映された。

「わ、【ワーフ！】」

階下の床に直撃する前にサージェリーは慌てて切り取られた石畳を途中で浮かしたので、落下の衝撃で負傷することはなかった。

だが、もちろんスフィアもそれは織り込み済み。むしろその浮遊魔法を使う時に生じる隙を待っていた。

【ハイルオリール！】

瞬間、スフィアは杖から立方体の形をした巨大な鉄格子《てつごうし》の檻《おり》を生み出した。底だけが空《あ》いているそれは、台座で体勢を崩していたサージェリーの全身を上からすっぽりと収容した。

檻は落下した時に鉄杭《てつくい》のように石畳に深く食い込んだため、もう【ワープ】の魔法で檻だけ浮かすこともできないだろう。

スフィアの浮遊魔法で落ちた天井が屋上の元の位置に帰って来る。そして鉄格子の檻に閉じ込められたサージェリーをスフィアは満面の笑みで出迎えた。

「あらあら？　屋上のこんな開放的な空間で閉鎖《へいさ》的な檻に閉じ込められるなんて、変わった趣味してるじゃない。私、アンタにピッタリの場所知ってるわよ。動物園っていうんだけど」

「スフィア……ユニオール……！」

サージェリーが凄まじい目つきで檻の外にいるスフィアを睨む。常人であれば少しは怯んでもおかしくないが、もうスフィアはその屈辱《くつじょく》に歪めた顔だけでご満悦だった。

「ねえねえ、私のトロい魔弾なんて当たらないって言ってたわよね？　言ってたわよね？　それって本当かしらあ？」

嬉々《きき》として口元を吊り上げてスフィアは杖を頭上にかざした。

【ロウスロット・レジル！】

そう唱えた瞬間、膨大な数の魔弾が宙に浮いて、檻の周囲を包囲していた。そして、それがゆっくりとそれこそ軽くあくびができるような速度で檻に向かっているのを見て、サージェリーの顔が引きつっていく。

「あ、ああ……」

「さあて、なにか言いたいことはあるかしら」

遺言を尋ねるように訊くと、サージェリーはへこへこと苦笑いを浮かべた。

「あ、あの……ここで手打ちにいたしませんか？　なかなか良い勝負でしたし、ここで退《ひ》くなら引き分けという結果で終わるので、誓約も実行されません」

そうおずおずと提案してきたサージェリーにスフィアは思わず爆笑した。

「ぷ、ぷぷぷ、アハハハハハッ、もしかしてアンタバカぁ？　アンタしか得がないのに誓約を解くような真似するわけないじゃない。ああ、バカだからこんなところに収監されてるのよね。よく見れば確かにバカ面晒してるわ。いかにも卑怯な小者が言うセリフだし心までブサイクね」

「あああああぁああああああッ！」

怒り狂ったサージェリーが鉄格子を強く握り締めて檻を壊そうとするが、当然びくともしない。それを見てスフィアはますます優越感を全身にみなぎらせた。

「惨《みじ》めねえ。恥ずかしいわねえ。あれだけバカにしていたのに負けるなんて。私だったらもう生きてられないわ。実力差もわからずに大口を叩くからこんな無様《ぶざま》な末路をたどるのよ。いいえ、これからが本番だったわ。地べたを這いずらせて私が満足するまで犬としての時間を屈辱の限り過ごさせてあげるから楽しみにしてなさい。ぷ、ぷぷぷぷっ、私に勝とうなんて一億万年早いのよヴアアアアアァカッ！　きゃーッきゃきゃきゃッ！」

そう高笑いするスフィアを見てサージェリーは深く息を吐いた。

「はあ。私もそこまでするつもりはなかったのですが……仕方ないですね」

「へ？」

【ラージミーヤ】

そうサージェリーが唱えた瞬間、檻の中から一気に闇《やみ》が湧《わ》き出て屋上を包み込んだ。

（こ、これは……暗転魔法！）

一定区域を黒い闇に染める魔法で、鉄格子の隙間から溢《あふ》れた闇は一気に屋上を覆い、スフィアの視界を黒く塗りつぶした。

「無駄な足掻《あが》きを！　【アクセン！】」

しかし、屋上が闇に染まっても元から展開していた魔弾の進行方向は変わらない。加速の魔法を唱えて周囲を包囲していた【レジル】の魔弾は一気に突き刺さるように進み、檻の中で爆発した。四方八方から撃ち込まれた今、檻に収監された状態であればどうやっても避けられない。そうスフィアは踏んでいたが、

「なっ、手応《てごた》えがない……？」

魔弾が直撃した感触がない。

それは檻の中にサージェリーがいないことを意味しているが、スフィアにはとても信じられなかった。

（ど、どうやって……檻は破られてないのに……）

顕現《けんげん》させた檻は維持する時間を短くする代わりに、檻の強度を強くしていたため、魔力で編み出した檻でも実際は鋼鉄よりも固い。しかも檻が魔法などでいじくられればすぐにわかるようにしていたので、檻に何か細工されたいうこともない。

ならば檻に手を加えず脱出するほかないのだが、鉄格子に人が通れる隙間はなかった。

（……！　いえ、今は理由を考えるよりも敵の位置を探ることが先です！）

スフィアは闇に目を凝《こ》らして杖を構える。一瞬、【フレア】の炎でこの闇夜を照らそうと考えたが、敵にみすみす自分の位置を晒すだけだと、即座に考え直してやめた。

しかし、まったく相手の姿が見えない以上、暗転魔法が解けるまで互いに打つ手はないとスフィアは思っていたが、

「……！　【シウド！】」

そうではなかったらしい。

側面から魔気を感じたスフィアはすぐさま盾《たて》の魔法を展開してそれを防いだ。衝撃や魔力の散り具合からして【レジル】の魔弾だろう。

視界が閉ざされても魔気を感知できれば、その軌跡を察知して対処できるのだ。取り乱さずに神経を研《と》ぎ澄《す》ませていれば、サージェリーが【ワーフワーフ】を使って背後に回った時もス

フィアは気づけただろう。

（どうして私の居場所が……？）

明らかに今の魔弾はスフィアを狙っていた。闇の中で檻から脱出した後、スフィアの側面に回り込んで的確に魔弾を放つことなど居場所が正確にわかっていない限り不可能だ。

（でも十秒もしないうちにこの魔法も解けるはずです……）

暗転魔法はそれほど長くは維持できない。まして、これほどの規模で闇を広げたとなるとすぐに視界は晴れる。

しかし、勝負はその前についていた。

「……え」

闇の中で輝く二つの黄金の光が足下に見えて、スフィアは思わず目を奪われた。

（魔眼⁉　しまっ……！）

その神秘的な光の輝きからすぐに視線を切ろうとした時にはもう遅かった。気づいた時にはスフィアの身体は硬直し、一歩どころか指先一つ動かせなくなっていた。

暗転魔法が解けて太陽の光が屋上に照射された時、勝者は明らかになっていた。

「く、う……ッ」

杖を握れず地面に落としたまま硬直しているスフィアを、サージェリーは憐《あわ》れむように見つめている。

「私の勝ちですね。スフィア・ユニオール」

そう淡々と告げられて、身動き一つとれないスフィアは今度こそ敗北を受け入れるしかなかった。


「アンタ、その目……?」

ようやく口が回るようになり、スフィアが途切れ途切れにそう言うと、サージェリーは感心したように肯定していた。

「はい。『硬直の魔眼』です。やはり気づくのが早いですね」

やはり闇の中で輝いた二つの光はサージェリーの魔眼によるものだったらしい。

魔眼は眼《め》に魔力を通して魔法的効果を発現させられる。だが、人間で魔眼を所持《しょじ》している者は稀《まれ》で魔術師として相当優れていなければまともに機能すらしない。

スフィアが思い描いた光り輝く黄金の未来は、理想とはかけ離れた真逆の形で叶《かな》えられたのである。

しかし、それでも得た情報は無意味ではない。そこから一つの答えを導き出すことはできる。

「アンタ……あのクソ猫でしょ」

そうスフィアが訊いた瞬間、サージェリーは目を丸くしていた。

「ほう、正体にも勘《かん》づいていましたか」

「闇の中で目が足下で光っていたら嫌でも気づくわよ」

猫の目には光を集めて闇の中で輝く性質がある。猫の身長を考えればあのような低い位置に魔眼の光が見えるのは当然だ。

「檻から抜け出せた理由も猫に戻ったのなら納得がいくわ。王宮で変身魔法を扱える影武者がエドモンドの役割を務めているって聞いたけど、おそらくそれもアンタでしょ」

「その通りです。私はシャムエル。エドモンド第三王子に仕《つか》え、このヴェルへミアの王宮を守護する三幻獣の一体です」

「三幻獣……！」

スフィアは思わず目を見開いた。それは初代王が守護獣として召喚《しょうかん》し、それ以来ヴェルへミアを守り続けてきたとされる伝説上の存在だ。

(今でも実在していたなんて……)

「貴方の殿下に対する不敬はあまりにも目に余るものでしたが……まさかここまで見るに堪《た》えない愚《おろ》か者だとは思いもしませんでした。日頃からみんなに目を逸らされているのがよくわかります。誰しも視界に入れたくないことがはっきりと目に見えるようにわかるなんて皮肉な人ですね」

「こ、この……アンタだって殿下って敬う割には図書室でアイツのこと睨んでたじゃない」

「当たり前です。王族としてあのような落ちぶれた振る舞いを看過できるわけがありません。できるなら今すぐにやめさせて王宮に連れ戻したいぐらいです」

シャムエルが苦虫を噛みつぶしたような表情を浮かべているのを見て、スフィアは今さら自分の完全な誤算に気づいた。

（そういえば奴隷とか下僕とか言いましたっけ……）

相手が嫌う相手の悪口を言えば好感を持たれやすいが、好感を持っている相手を貶《けな》せば当然不快感を覚える。それも最上級に近い敬意を持っている相手を呼吸するように最大級の罵倒で貶せば、不倶戴天《ふぐたいてん》の敵と捉《とら》えられるのは当然だった。

「クソッ、あんにゃろう……友人の紹介にペット連れてくるとかナメてんの……？」

「なにを言っているのでしょう。これから貴方が私のペットとしてナメるんですよ？」

そうシャムエルが口元を歪め、懐《ふところ》から取り出した小さい器《うつわ》に杖を振るって水を入れ出したのを見て、スフィアは一気に表情が引きつった。

「そろそろ魔眼の効果も切れて誓約遵守《じゅんしゅ》の術式の効果が表に出るころですね。ほらほら、動いて汗《あせ》をかいて疲れているでしょうし、存分に喉を潤《うるお》してさしあげます。私は優しいので」

「げ、外道《げどう》が……」

にこりと優しく微笑《ほほえ》むシャムエルに、スフィアは全力で拒絶しようとしたが、身体の自由がもう誓約の術式によって完全に奪われている。

結局誓約には逆らえず、気がついた時にはスフィアは膝《ひざ》をついて地べたを這っていた。そして犬のように腕を動かして足を進め、器に顔を近づけていく。

「いやっ、やめて！　いやあッ！」

「いやじゃないでしょう。犬の鳴き方わかりますよね？　返事は？」

「殺……むぎゅぎゅツ、グルルルルッ！　ワン、ワンッ！　ワン！」

出そうとする言葉が全《すべ》て犬のような鳴き声に変えられる。そして抵抗むなしくスフィアはシャムエルが石畳に置いた水の入った器に舌を入れて飲み始めていた。犬は器用に舌ですくうようにして飲めるが、犬にも劣るスフィアにはそれができないので舐《な》め取るのに時間がかかる。

「美味《おい》しいですか？　私が施《ほどこ》してあげた水は。こらこら、いくら嬉しいからって、ピチャピチャ音を立ててはしたないですよ。なになに……元からはしたないから関係ない？　これは失礼しました。流石はナンバーワン。私の理解を超えた答えを持っているようですね。あ、しまった。これまた失礼しました。もう私に負けたので学院ナンバーワンですらありませんでしたね。あ、これまたまた失礼いたしました。猫ならともかく犬に人の言葉は通じませんか」

（ピキピキピキ）

その後もスフィアは首輪をつけられて犬の芸を一通りこなし、人間の服は犬には似合わないでしょうと剝《は》ぎ取られ、少し屋上を散歩しましょうかと全裸《ぜんら》で徘徊《はいかい》させられた。

（ぶ、ぶち殺します……このクソ猫……）

初めは覚えていた羞恥心《しゅうちしん》も今はもうすべて怒りが塗りつぶしていた。それをニヤニヤ顔で見下ろされるのだから、スフィアの中で殺意が湯水のように溢れてくる。

「どうしましたか？　目が怖いですよ。でも良い意味でブサイクな犬ですね。はい。ブスブス。どこからどう見ても可愛くないです。だから人から避けられるのでしょうね。私の周りには人が多く集まりましたけど」

「…………」

どうやらかなり根に持たれていたらしい。意趣返《いしゅがえ》しとばかりにスフィアが前に放った暴言をシャムエルは改良して、いや醜悪にして返してきた。

「しかし、惨めですね。恥ずかしいですね。あれだけバカにしていたのに負けるなんて。私だったらもう生きていられません。実力差もわからずに大口を叩いて吠《ほ》えてるからこんな無様な末路をたどるのですよ学院ナンバーワンワン。身の程と恥《はじ》を知れましたか？」

「……」

「どうやら『学院の狂犬』ではなく『学院の負け犬』だったようですね。負け犬は負け犬らしくこれから敗北と劣等感の味を永遠に噛みしめていてくださいね？」

そうシャムエルが嘲笑した瞬間、上空の雲に大穴が開いた。

「…………え」

今度はシャムエルの顔が引きつっていく。

誓約の効果が切れたのか、スフィアが急に手のひらを上に掲《かか》げて頭上に魔弾を放出したのだ。

そう、スフィアの『悪態強化の呪縛』は嫌悪感が強くなるほど効果も強くなる。それはもちろん性格だけでなく実力も向上するのだ。

スフィアはローブを纏い、傍《かたわ》らに落ちていた杖をゆっくりと拾い上げる。そして、憎悪《ぞうお》に満たした眼差しをシャムエルに向けた。

「再戦……受けるわよね？　別に断ってもいいけどそうしたら命の保証はないわ。制限をつけなければ加減できなそうだもの」

　先の決闘ではスフィアは魔法耐性のローブがあっても、殺傷性の高い魔法は最後まで使わなかったが今は普通に危ない。全身から漏《も》れ出るほど魔力が膨《ふく》れ上がっている。

　今にも怒りに任せて杖を振るいかねないスフィアに、シャムエルは顔を青ざめながら後じさりしていた。

「も、申し訳ありません。少しやりすぎました。反省したので杖を下ろしてくれませんか？」

「黙れ。杖を掲げなさい。もう一度同じ条件でやるわよ」

　もうスフィアの矛《ほこ》は収まらないと判断したのか、シャムエルは杖を手放して観念したように両手を挙げた。

「わ、わかりましたわかりました。ですが少しだけ話を聞いてください。貴方が敗北しても誓約が発動せずに私の魔眼で硬直していたように、今の貴方は誓約よりも呪縛の効果を優先しているから動けるのかもしれません」

「だから？」

「つまり、私に屈辱を与えて貴方の気が晴れて嫌悪感が薄れた途端、また私の犬にしばらく戻る可能性があります。それは貴方も不本意でしょう」

「だから？　その時には誓約の効果も時間的に切れてるわよ。アンタが会話を長引かせて私の怒りを静めようという魂胆《こんたん》なのはわかってるわ。いいから早く杖を構えろでなければコロスゾ」

「ひいいいっ！」

今にも堪忍袋《かんにんぶくろ》の緒《お》が切れそうな様子にシャムエルも身体を震わせていた。

「わ、わかりました。ですが、最後に一つだけ言わせてください」

「あ？」

そうスフィアが睨んだ瞬間、シャムエルの眼がスッと冷たくなった。

「貴方、本当に学習能力がないのですね」

「は？　……うっ、おえええっ」

気がついた時にはスフィアは唐突《とうとつ》に吐き気を覚えてその場で吐いていた。

（な、なんですか……これ……？）

全身で暴れる不快感に耐えきれずうずくまったスフィアを、シャムエルは憐れむように見下ろしていた。

「人間、引き際が肝心《かんじん》ですよ。力に溺《おぼ》れても最後に待つのは破滅です。誓約決闘などそう簡単に切り出さないでください。私は優しいので人のいない屋上で済ませてあげましたけど、別に中庭まで降りて人前で排泄《はいせつ》させても良かったんですからね」

「……！」

淡々と恐ろしいことを告げるシャムエルに、スフィアの背筋《せすじ》がゾッとする。

「力を持つ者には責任があります。それが呪縛という呪われた力だとしても、貴方はそれを制御しなくてはなりません。殿下が目をかけている方なので、今回は見逃してあげますが……次はないですよ」

そうかつてないほどの冷たい眼差しを残して、シャムエルは屋上から去っていった。


「パーフェ、パーフェ！」

一方、食堂のテーブルでケウドは呑気に手を叩いて素《す》で喜んでいた。

普段は平民として過ごしているので、こういう場で貴族が頼むような物は気軽に頼めなかったが、スフィアに施しを受けたと周りに豪語すれば問題ない。

ケウドは甘い物に目がないので、かなり浮かれている。

（ずっと気になっていたけど……まさかこんな形で食べられる機会が訪れるなんて思ってもいなかったよ。スフィアには感謝しないといけないな）

それに道化として大げさに全身で喜びを表現することで、むしろ「これぐらいのパフェでここまで喜べるなんて幸せものね」と周囲の貴族の失笑を買い、呪縛の効力を満たしていた。きちんと裏でストックの杖に魔法を溜められたのである。

混雑していたので注文するのにかなり時間はかかったが、それでも待っている時間も楽しみの内。ウェイターにキングパフェを目の前に置かれ、ケウドはイエイと喜んだ。

（うわあ……美味しそう……！）

漂う甘い香りと多彩なフルーツやクリームの盛り付けはまさに芸術。

透明なガラスの容器の中に見える何層にも重なった色とりどりの食材は、食欲を促進させて下から先に食べてしまいたくなる。

「いただきます」

思わず普段の振る舞いを忘れてケウドは素で慎重にクリームをすくってしまう。

一瞬、気を抜いてしまったことを後悔したが、それでも一口食べた瞬間に広がる甘みが一瞬で後悔を忘れさせてくれた。

「美味しい……」

いつまでも続けばいいと思えるような至福《しふく》の時。

だが、現実はパフェのように甘くなかった。


「………………」


「……え」

窓の外で鬼の形相《ぎょうそう》で睨んでいるスフィアに気づいて、ケウドは思わず笑顔が凍《こお》りついた。

その異常な光景を見た周りの客もいっせいに食堂から避難していく。

そして、スフィアは扉を勢いよく開けて食堂に入るや否《いな》や、ケウドのスプーンを取り上げ、そのまま凄まじい勢いで奪ったパフェを口の中に放り込んだ。

「あ……っ」

名残惜《なごりお》しそうに手を伸ばしかけたケウドを意に介することもなく、絶対に至福の時間など許さんとばかりにボリュームのあったパフェをスフィアは数分もかからず完食。

ケウドの笑顔がもはや遠い彼方《かなた》へ消えた頃、スフィアは怒り心頭の様子で空《から》になった容器をテーブルに勢いよくドンと叩きつけた。

「なんなのよアイツは！」

「お前がなんなんだ……」


「うぅ……私、甘い物ダメなのよね……」

「本当になんなんだお前は……」

口元を押さえながらふらふらと廊下を歩くスフィアに、ケウドはため息をつく。もうパフェの甘さよりも二人を放置した甘さを痛感していた。

しばらく校舎内の談話室のテーブルで休むことになり、スフィアが迷彩結界を張った後にギロっとケウドを睨みつけた。

「でももっとダメなのはアンタよ。どんだけ目が腐ったらあんなド腐れ外道紹介できるのよ」

「ド腐れ外道……？　誰のことだ？」

ケウドが本気でわからなそうに首を傾げる様子を見て、スフィアは怒りが一気に爆発した。

「あのクソ猫よ！　腐れきって節穴《ふしあな》か！」

「あれ、隠して友人として接するって言ってたのに正体を明かしたのか。いや良い奴だっただろ。あんな健気《けなげ》にお前を慕《した》ってたのにどこが不満なんだ」

「どこもかしこも種族からよ。慕ってたのはアンタの前だけで私の前では物理的にも精神的にも下に見てきたわ。どんだけ人を見る目がないのよ」

「いやシャムは猫だぞ」

そうツッコまれてスフィアの血が頭に滝登りした。

「知っっっっっとるわ！　猫が人に見えるほど節穴だから言ってんでしょうが。友人連れて来いって言ったわよね。なんで人外連れて来たの？　バカのフリじゃなくて本当にバカなんじゃないの？　それとも私のことバカにしてる？」

「い、いや俺だってシャムを最初から連れて行くつもりはなかったよ。でも手当たり次第に生徒をあたってみたけど、是非お前と友人になりたいって奴が一人も見つからなかったんだ」

ガンと頭を鈍器《どんき》で殴りつけられたような衝撃がスフィアの内心にあったのにも気づかず、慌てた様子でケウドは弁明を続ける。

「そうしたらシャムが『殿下のご友人と是非ともお会いしたい』って言うから、それで……」

「つまり、貴方の人望がなさ過ぎて猫の手を借りるしかなかった、ということですね」

テーブルの下から聞こえた声にスフィアは身震いした。いつから潜り込んでいたのか、黒猫姿のシャムエルが床に座っていたのだ。

「あ、あ、あ、アンタ……」

わなわなと震えるスフィアに恐れもせず、シャムエルは呆れたように息を吐く。

「結界を張ったからと安心せずに細心の注意を払ってください。私でなかったら秘密が漏れているところでしたよ」

「流石だなシャム。まったく気づかなかった」

そうシャムエルに笑いかけるエドモンドにスフィアはカッとなった。

「ケウド！　私がこいつに何をされたのかわかってるの！」

「何をって……そうだな。人の話を盗み聞きするのは良くないぞ」

「申し訳ありません殿下。深く反省しております」

「ほらスフィア。シャムもこうして謝っていることだし、これぐらい許してやってくれよ」

「これぐらいなわけねえだろうがあああああッ！」

「ひい！」

「私じゃなくアンタに謝ってるだけじゃない！　目だけでなく耳までおかしいの？」

スフィアに怒鳴られてケウドは完全に萎縮《いしゅく》していた。結界を張っていなければ校内中に轟《とどろ》いて、一斉《いっせい》に生徒たちが避難を始めていただろう。

「まったく殿下のパフェを盗み食いしておいて、自分が盗み聞きされるとこうもヒステリックに怒鳴り散らすなんて器が小さいですね」

「ああ？」

睨み合う二人に、いや、一人と一匹に流石に違和感を覚えたのか、ケウドが怪訝《けげん》そうに眉をひそめた。

「シャム……スフィアとなにかあったのか？」

「屋上であったことを話してもよろしいですか？　何をとは言わないですけれど」

そうシャムエルに淡々と告げられてスフィアは押し黙った。

「いや……いいわ」

「ただスフィアさんが学院ナンバーワンの私が負けるはずがないわと、無理やり決闘を申し込んできて私が勝ってしまっただけの話です」

「話してんじゃない！」

「それで負けた悔しさと恥ずかしさで私に八つ当たりして、罵声を浴びせるようになったんです。そうですよね？」

「ぐっ……そうね」

余計なことを言えば屋上であった本当のことを話すぞと、シャムエルの目が訴えてきたのでスフィアは渋々飲み込まざるを得なかった。

それでもケウドならこの不服そうな自分の顔を見てなにかシャムに不信感を抱いてくれるのではないかと望みをかけたが、

「ああそれで。納得納得、謎がすべて解けたぜ。いかにもスフィアがしそうなことだなぁッ！」

微塵も疑わないケウドに苛立ったスフィアは向かいから足を思いっきり踏んだ。急に叫びだしたケウドを見てシャムエルはあたふたしている。

「ど、どうかされましたか殿下……？」

「い、いやちょっと腹から声が出てないような気がして。それでどうだったシャム。スフィアの魔法の腕前は？」

「自信家なだけはあります。まあ腕が悪いおかげで元々私に負ける要因はありませんでしたが」

上から目線の称賛にスフィアは腹が立ったが、なにか含みのある言い回しに聞こえた。

（腕が悪い……？）

そこでスフィアははっとしてローブの袖《そで》をめくって自分の腕を見た。そこにはまだ前日に噛まれた傷が残っている。

（ま、まさか……術式……？）

何の術式かはわからないが、体調不良を引き起こす毒のような代物なのは間違いない。性格的なものならまだしも急に嘔吐《おうと》するほど胃が荒れ出すわけがないのだ。

その事実に気づいてスフィアはギロッとシャムエルを睨む。

「こ、このクソ猫……よくも昨日腕を噛んだ時に仕込んでくれたわね……」

しかし、シャムエルは素知らぬ様子で飄々《ひょうひょう》と受け流していた。

「？　腕ではなく前足でしょう。学院の噛ませ犬である貴方を噛んでなにか問題が？」

「こ、こんのキイイイィッ！」

「キイイィ？　ああ、これが負け犬の遠吠《とおぼ》えですか。初めて聞きました。惨めですね」

「グギャオオオォォォ！　グルルルアアアアギャアアアアァァッ！」

「や、やめろ煽るなシャム！　なんか恐ろしい化け物になりかけてる！」

どうにかしてスフィアを宥《なだ》めた後、ケウドはシャムエルを咎《とが》めていた。

「どうしたんだよシャム。いつものお前らしくないぞ」

「申し訳ありません。スフィアさんが呪縛の扱いに困っていらっしゃったので、どうにか制御できないか色々と試行していたのです」

「制御？」

「突発的に奇声を上げるモンスターの誕生を今殿下もご覧《らん》になったでしょう。彼女は煽るのは得意ですが、煽られることは極めて苦手のようです。悪態強化の呪縛は相手に嫌悪感を抱くほど実力が向上しますが、その分暴走する危険性が高いのです。だから煽り耐性をつけようとわざと煽ったのですが……スフィアさんにはまったくその意図が伝わらなかったようで残念です。私は彼女のことを思って心を鬼にして悪態を吐いていたのに……」

「シャム……」

およよと涙ぐむシャムエルに感情移入しているケウドを見て、流石にスフィアもキレた。

「いや嘘つけ！　心を鬼にって元から鬼畜《きちく》でしょうが！　猫被《かぶ》るな！」

「元から猫ですが。ニャア？（おわかり？）」

「あああああうっぜえええええ！」

皮肉にもスフィアは猫のように頭をガリガリと爪《つめ》で掻《か》くことになるのだった。

第三章　怖い物知らずの親知らず

「寝んむ……」

翌朝。寮の自室で重いまぶたをどうにかこじ開けながら、スフィアはよろよろと制服に着替えていた。

『数年もすれば腕の術式は解けるので安心してください』

「あのクソ猫……今度会ったら覚えてなさいよ……」

昨日の別れ際にシャムエルにそんなふざけたことを笑顔でぬかされ、昨夜は怒りでずっと目が冴《さ》えて寝つけなかったせいでスフィアはすっかり寝不足である。

「あれ、手紙？」

睡魔《すいま》に負けじと学院に行く準備を済ませて部屋を出ようとした時、スフィアは部屋の郵便受けに白い封筒が入っていることに気づいた。

（誰からでしょう……）

その封筒の宛名《あてな》の筆跡を見てスフィアはすぐに送り主が誰かわかった。

「なんだおじいちゃんか」

――カストディ・ユニオール。

スフィアの祖父で、幼《おさな》くして両親を亡くしたスフィアを彼は親身になって育てた。そのことに彼女は深く感謝している。悪態《あくたい》強化の呪《のろ》いがあってもそれなりに敬《うやま》えるくらいに。

『スフィアよ。学院で元気に暮らしておるかい？』

手紙には学院での生活について尋《たず》ねる内容が書かれてあった。屋敷で引きこもっていたスフィアが学院でしっかりやれているのか気にかかっていたのだろう。

（心配かけないようにしませんと……）

そうほっこりしながらも王族を殴る、獣畜生《けものちくしょう》に二度負ける、友達がろくにいない、と積み重なる心配要素に目を逸《そ》らしつつ、スフィアは最後の文を読み終えようとして、

『お祖父《じい》ちゃんは檻《おり》の中から見守ってるよ……』

「心配だッ！」

思わず手紙を強く握りつぶした。

「え、なにこれ。まさか捕まったのじいさん？　檻から見守るどころか見守られる立場じゃないの？」

一瞬、スフィアは気が動転したが、いくらなんでも祖父が捕まれば流石《さすが》に学院側から連絡が来ると思い直した。

それにカストディは王宮の元宮廷魔術師で、数々の功績を挙げた偉人にあたる人物だ。捕まっていたら今ごろ国中が騒ぎになっている。

（……まったく、きっとケウドみたいに面白《おもしろ》いこと言おうとして滑ってるだけのボケですよね。でも本当にボケが進行してるかもしれませんし、今度良い医者でも探しておきましょう……）

「まったく手間《てま》がかかるジジイね……死期が近くないといいけど」

呪縛《じゅばく》で呼称《こしょう》が乱暴化し、ついにはジジイ呼ばわりまで来たのに内心でため息を吐きつつ、スフィアは女子寮を出て学院に向かう。

朝の日差しが心地よい絶好の登校日和《びより》にもかかわらず、この時間帯は外に人がほとんど歩いていない。他の生徒たちがスフィアの登校時間帯を把握《はあく》していて、絶対に遭遇《そうぐう》しないように避けているからだ。

（不審者《ふしんしゃ》情報が出回っているようで気分が悪いですね……）

そうスフィアが嘆《なげ》いていると、背後からケウドに声をかけられた。

「よっ、調子はどうだ？」

唯一《ゆいいつ》避けるどころかむしろ積極的に接してくる彼には、人がいない分スフィアの姿を見つけやすいのかもしれない。

そのケウドの能天気な様子にスフィアは昨日のクソ猫を思い出して恨《うら》めしげに睨《にら》んだ。

「お陰《かげ》さまでまず同じ霊長類か疑うレベルで人間不信よ。アンタ本当は猫じゃないでしょうね」

「にゃんとぉ！　バレてしまったかにゃあ？」

「殺すぞ」

「す、すみません……」

真顔《まがお》でスフィアが目を見開いたのを見て、丸めた手と言葉をケウドはすぐに引っこめる。どの時代もラインを大きく踏み越えれば道化といえど処刑されるのだ。

気まずい空気の中で校舎へ続く階段を降りていると、ケウドが申し訳なさそうに呟《つぶや》いた。

「昨日の今日で悪いんだが……お前に是非《ぜひ》とも会いたいって人がいるんだ」

「ハア？　よくまだ私に紹介できるわね。また人外連れて来る気？」

「いや大勢の人から信頼も厚いれっきとした人間だ」

種族が人と確定しただけで、スフィアも少し耳を傾ける気になった。周囲の信頼も厚いのなら昨日のようなゲテモノは来ないと踏んだのだ。

「……まあ？　いちおう聞いてあげるけど、どんな生徒よ」

「いや悪いけど生徒じゃないんだ。ずっと年上だ」

「は？　まさか教師からの呼び出しってオチじゃないわよね」

「いや教師からじゃない」

まどろっこしい言い方に期待値が一気に下がっていく。スフィアは苛立《いらだ》ちげに目をつむり、手をぶらぶらと振ってあしらうようにケウドの前の階段を降りた。

「はあ……どうせアンタが紹介する奴《やつ》なんてろくでもないクソしかいないんだから早く言いなさいよ。どこのクソからの呼び出し？」

「国王陛下《へいか》だ」

瞬間、スフィアは階段から転げ落ちた。

「ううう、痛い……痛いわぁ……」

階段から転落して気絶していたスフィアは激痛の中で意識を取り戻した。

よほど強く身体《からだ》を打ったせいか、全身の痛覚が悲鳴をあげている。腕も変な方向に曲がっており明らかに重傷だ。そんな涙目で悶《もだ》えているスフィアを脇《わき》で眺《なが》めながらケウドが呆《あき》れたように嘆息《たんそく》していた。

「そりゃ全身複雑骨折してればな……」

そこでスフィアはようやくケウドが自分の腕に杖《つえ》を当てて、治癒《ちゆ》魔法を使っていることに気づいた。変な方向に曲がっていた腕が元に戻り、激痛がみるみるうちに収まっていくのを感じ、スフィアは思わず目を見張った。

(凄《すご》いです……)

治癒魔法は重傷であるほど治りは遅くなる。

スフィアも治癒魔法を扱えるがここまで異常な速度で回復させるのは無理だ。学院の保健医でも短時間でここまで綺麗《きれい》に傷跡も残さずには治療できない。

学院でケウド以上の治癒魔法《ヒール》の使い手は存在しないだろう。もちろん悪い意味でのヒール役ならスフィアに並ぶ者はいない。悲しきかな、怖くて彼女に誰も近寄らないのである。

「目が覚めたなら後はお前が治療できるよな」

そう言ってケウドが治癒魔法を使うのをやめたので、スフィアが慌《あわ》てて止める。

「ちょっと、ここまできたなら最後までやってよ」

「やりたいのは山々なんだが、呪縛が働いてきて手の内が知られてるお前に対してはもうまともに魔法が使えないんだよ。もちろん治癒魔法も含めてな」

「でもさっきまで……」

「そりゃ気絶してたからな。誰かの意識に俺の存在が置かれてなけりゃ俺の呪縛は機能しない。ストックの杖に治癒系の魔法を貯《た》めてたら使えたけど……登校前でまだ今日は誰も笑わせてないから全然魔法を込めてないんだ。……悪いな」

「なんでアンタが謝るのよ。ってかそもそもなんで私を治したの？　別にアンタが私を治す理由なんてないでしょ」

「いやいや友達だろ俺たち。困った時に助けるのは当然じゃんか」

（トモ……ダチ……？）

そう当然のように言われた瞬間、スフィアの頭の中で審議が爆速で開催された。

友達。確かに充実した学院ライフにおいて欠かせない要素であり、スフィアが強く求めていたものだが、はたしてケウドとの関係はそう呼べるのだろうか。

確かにケウドとは気兼《きが》ねなく話せる。その点だけで考えれば友人要素はあるかもしれない。

しかし、それはスフィアが王族のエドモンドとしてではなく、ケウドとして振る舞うように強制的に矯正《きょうせい》させたからだ。そもそもケウドの認識しているスフィアは呪縛によって歪《ゆが》まされたものであり、本当の自分を知っているとは言いがたい。

それに治療するのが友達として当然なら、ケウドを当然のように殴ってそのまま放置したスフィアは友達と呼べないのではないか。

そもそも……ケウドが自分からスフィアのもとに来ることはあっても、スフィアがケウドのもとに自分から訪れたことはなかった。あるとしたら怒りに任せてサージェリーを捜している時にたまたま彼の姿を見つけて、パフェを無断で強奪した時だが、たとえ自分が渡したチケットとはいえ、友達にする行為では断じてない。

（そうです……私に友達を名乗る資格なんてありません。奴隷《どれい》呼ばわりしましたし……）

「おーい。どうした固まって」

「あ、うん。えー、主審のスフィアです。頭の中で審議した結果、アンタはまだ友達の域《いき》に達していないと判断したため、ただのクラスメイトとして会話を再開します」

「そりゃ審議が必要な時点でな……」

げっそりとするケウドにスフィアは眉《まゆ》をひそめた。

「……アンタも変わり者ね。私を友達だと思おうが思うまいが勝手だけど、別に助けられても私は礼なんて言わないわよ？」

「それを踏まえて助けてるから大丈夫だ。むしろ礼など言われたら俺まで転げ落ちるぜ」

「それはそれでムカつくわね……」

「でもこれくらいの怪我《けが》で済んで本当に良かった。バキバキ音立てて転がって、階段の下でピクピク痙攣《けいれん》してた時は心臓が止まるかと思ったぜ。しかし、いくらボケでズッコケるにしても身体《からだ》張りすぎだろ。あんなんやられたら道化のフリする自信なくすし勘弁《かんべん》してくれよ」

　割と本気でそう思って自信をなくしていそうなケウドに、スフィアはピキッとなった。

「ボケてねえわ！　勘弁してほしいのは私よ！　……なによ国王陛下からの呼び出しって。危うく死神から呼び出しが来たわ」

「でも今回のことはお前も希望してたことだろ？」

「はあああああぁ？　いつどこで私が希望したのよ。捏造《ねつぞう》も顔と経歴だけにしなさい。もし本当に私がそんなこと希望してたらもう文句言わずに潔《いさぎよ》く行ってやるわよ」

「ほら、試験の時に森で俺の親の顔が見てみたいって言ってたじゃねえか」

「いやあれはそういう意味じゃ……ぐ、ぐぬぬにゅにゅにゅにゅ」

　言ったには言っていた。

　反論しようとしたがここでどう言い逃れをしようと無駄だと察して、スフィアは結局諦《あきら》めた。本気で逃れるなら国外逃亡するしかないが、流石にそんなことはしたくない。

「はあ、わかったわよ。断った方が余計に面倒《めんどう》なことになるしね。厄介事《やっかいごと》は早めに済ませるに限るわ。もちろんアンタもついて来るんでしょ？」

「いやお前一人だ」

「ざけんな！　こんなどうでもいい時には一緒にいるのになんで肝心《かんじん》な時にはいないのよ！」

「いや先ほどまで全身骨折していましたよね貴方《あなた》……」

　そうケウドは深くため息をついていたが、考えは変わらないらしい。

「悪いけどそういう要望なんだ。俺もついていきたいけどこればっかりは仕方ない。……無事を祈る」

まるでこれから死地の戦場に赴《おもむ》く兵士に向けるような儚《はかな》げな表情をケウドが浮かべているのを見て、スフィアの顔が青ざめていった。

（い、行きたくありません……死にたくありません……！）

「……ねえケウド。私たち友達でしょ。友達ならどんな障害があっても一緒に来るべきだと思わない？」

そうスフィアは最後の望みをかけて情に訴えてみたが、ケウドはプイッと視線を逸らした。

「まだその域に達してないただのクラスメイトなので……」

根に持たれていた。


「……なんでアンタがここにいるのよ」

翌日の昼下がり。王都の街道を走る馬車に揺られながらスフィアは露骨《ろこつ》に嫌そうな顔を浮かべていた。

ケウドから指定された場所に赴くと、従者らしき男性が王城に向かう馬車のところまでスフィアを案内したのだが、その馬車の車内の席にシャムエルが乗っていたのである。開口一番《かいこういちばん》放ったスフィアの悪態をシャムエルは涼しげな表情で流していた。

「貴方が良からぬことをしないか見張るためです。この狭い車内で貴方の相手が務まる者は限られているので。王宮では更《さら》に見張りの人員が増すでしょう」

闇《やみ》の中でなくてもシャムエルはスフィアに目を光らせているらしい。それをスフィアは煩《わずら》わしげに鼻で笑う。

「そ、私の実力が評価されているようで何よりだわ」

「貴方の人間性が評価されてないだけです」

「猫に人間性なんて語られても片腹痛いわね」

ギスギスとした険悪な雰囲気《ふんいき》。脇に座っていた従者の男は言わずもがな居心地が悪そうに、ただただ巻き込まれないことを祈るように気配を消していた。

「で？　なんで私が国王陛下とやらに呼ばれてるわけ」

そうスフィアが訊《き》くと、シャムエルは冷たい眼差《まなざ》しをスフィアに向けた。

「自分の胸に手を当てて考えても思い当たることはありませんか？」

「王子を殴ったことかしら」

「殴ったのですか⁉」

シャムエルに驚愕《きょうがく》顔で問い詰められて、スフィアは胸中で頭に手を当てる。

（余計なことを言わないでください……）

だが、呪縛に慣れてきたこともあって、落ち着いて対処すれば方向性だけは八割ぐらいの確率で望んだ通りになるので、スフィアはどうにか誤魔化《ごまか》す方向に動いた。

「バカね。冗談に決まってるじゃない。真《ま》に受けるなんて、やっぱり人でないから嘘《うそ》を嘘だと見抜くのは難しいようね」

　嘘でしかないのだが、やはり人でないから見抜くのは難しいのかシャムエルは冗談だったことに心から安堵《あんど》しているようだった。強張《こわば》った表情が少しだけ緩《ゆる》んでいる。

「ほっ、よかった……殴られた殿下《でんか》はいなかったのですね。すみません。いつかはやると思っていましたので、微塵《みじん》も疑いませんでした」

「殴るわよ？」

「……やっぱり疑わしいですね。前から、いえ、この先未来永劫《えいごう》言うことになると思いますが、言っていい冗談と悪い冗談があるのがわかりませんか？」

「王子に道化じみた真似《まね》をさせているのも冗談にしろ大概《たいがい》でしょ。そもそもなんで王子が呪縛者になってるのよ」

　強引にスフィアは話題を変える。

　ケウドは杖に治癒魔法をストックするためと話していたが、誰かの意識になければ呪縛が機能しないなら、一人でいる時は特に制限はないのだろう。自前で魔法を込められるのなら、呪縛者になる必要はないようにスフィアは思えたのだ。

　すると、シャムエルは複雑そうな表情で目を伏せて答えた。

「……六年前までヴェルヘミアの第一王妃《おうひ》が難病に伏せていたのはご存じですか？」

「知ってるわよ。確か奇跡的に病《やまい》が治ったたって……」

　各国の医者がさじを投げた中、突然全快したものだから世界中に奇跡だと衝撃を与えていた。

もちろんスフィアは基本的に屋敷に引きこもっていたので、祖父から聞いた話なのだが。

「その奇跡を起こしたのが殿下でした。誰も手の打ちようがない中、陛下に宝物庫《ほうもつこ》の呪縛書を使用すれば、完全治癒魔法で王妃を助けられると殿下は進言したのです」

「完全治癒魔法……！」

その強烈な単語にスフィアは思わずうなった。

魔法名は【パーフェクト・ヒール】。

それは、あらゆる病や傷を治すことを可能とする最高位の治癒魔法だ。

極《きわ》めて繊細《せんさい》な詠唱《えいしょう》と複雑な工程が必要で、人の身では不可能な膨大《ぼうだい》な魔力を要求される。

詠唱時間も十分以上はまずかかる。

それでいて失敗すれば人体に影響を及ぼして治療相手を死亡させる恐れがある。成功例は大昔の大魔術師による数例だけだ。現代の医療で試す者など誰もいない。確実に失敗するとわかっているからだ。使う魔力量が膨大すぎてスフィアでも諦めた魔法なのだ。

「殿下の魔法の才は突出しておりました。特に治癒魔法においては殿下に並ぶ者はいません。だからこそ殿下のお言葉を誰も疑わなかったのです」

「……なるほど、わかったわ。その宝物庫にある呪縛書ってのが逆転道化の呪縛書だったってわけね」

「はい。ですが、必要な魔力を揃《そろ》えるためには王子が大勢の人に道化として笑われる必要がありました。そこで他国の有名な劇団に無理を言って、演劇を急遽《きゅうきょ》この国で開催することになったのです」

「それって時期的に『渡り鳥演劇団』でしょ。六年前に私もジジイに頼まれて強引に連れられて行った記憶があるわ」

世界を飛ぶように渡り歩く劇団で、そのプロフェッショナルの演技は誰もが笑顔になれると世界中で名の知れた劇団だった。スフィアは興味なかったのだが、祖父に絶対に楽しいと無理やり連れて行かれて、色々と恥《はじ》を掻《か》いた苦い思い出がある。

「そうでしょうね。王子の呪縛は道化のように思われるほど強くなりますが、質の良い魔力を持った相手ほど効果が上がります。貴方の祖父カストディにも事情を話していたので、貴方を観劇させるように取り計《はか》らってくれたのでしょう」

「ああ……なるほどね」

それでスフィアはケウドが事あるごとに自分に付き纏《まと》ってくる理由がわかり、納得した。自分を笑わせることができれば、さぞかし質の良い魔力が手に入ることだろう。

（……そうですよね。打算がなかったらこんな罵倒《ばとう》しかしない私に近寄るわけがありませんよね……）

納得すると同時に、少しのショックを受けながらスフィアは続けた。

「ってことは、まさかあの劇にアイツが出てたの？」

「はい。もう王妃も危篤《きとく》状態で様々な難点があっても殿下に頼るしかありませんでした。王妃を壇上の幕で覆《おお》われた台座の中に隠し、殿下が道化役として大勢の観客を笑わせながら、裏で治癒魔法をかける段取りになったのです」

「いやいや無理でしょ。王子がいきなり道化役ってだけで無理があるのに、演じながらどうやって詠唱するのよ。まさか無詠唱魔法でやったってわけじゃないでしょうね」

「はい。王子は道化として演じながら内心では【パーフェクト・ヒール】の詠唱をされていました」

スフィアは唖然《あぜん》とした。

無詠唱魔法は無言詠唱魔法の略で、別に詠唱をしないわけではない。口には出さない代わりに必ず頭の中でその魔法を詠唱する必要がある。

しかし、正確な詠唱のイメージができなければそれは成立しない。スフィアもよく頭の中で別のことを考えながら話しているが、それは呪縛が勝手に口に出しているから成立しているだけだ。なにか話している最中に魔法の無詠唱をするなど到底《とうてい》無理だ。短時間ならともかく、道化の役を演じながら十分以上にも及ぶ魔法の無詠唱となると実行しようとも思わない。

「観客を笑わせられない可能性や魔法の失敗の恐れを考えれば、常人《じょうじん》なら極度の緊張状態で道化の役を演じることさえ不可能だったでしょう。ですが、殿下はわずかな時間で台本を覚えて完璧《かんぺき》な道化を演じきり、見事王妃を治療したのです。まさに奇跡のお方なのですよ」

「……とても信じられない話ね」

「ですが事実です。そうでなければいくら治療目的とはいえ、王族が平民として過ごすなど国王陛下が許すわけもありません。功績を挙げた殿下だからこそ特別に許されたのです。もっとも流石に国の威信《いしん》に関《かか》わるので、第三王子としていつでも戻れるよう、私が殿下の代わりを公《おおやけ》には務めていますけどね」

　そこまで言って、シャムエルは至極《しごく》残念そうに俯《うつむ》いた。

「あれ以来、殿下は変わってしまわれました」

「変わった？」

「劇場の一件以来、殿下は道化師を異様に高く評価するようになったのです。それまでも王宮にいる宮廷道化師に対して一定の評価はされていましたが、羨望《せんぼう》の眼差しまでは浮かべませんでした」

「劇場で演じて道化師の大変さでもわかったんじゃないの？」

　スフィアはそう笑い飛ばしたがシャムエルは深刻な顔で首を振る。

「いいえ。誰かが会場で余計な概念を殿下に植え付けたのです。それも王族よりも道化師としての生き方を選ぶようなバカげた価値観を」

「そんな奴がいるの？　はあ、迷惑なバカもいたものね。そんな国が傾くようなふざけたことを唆《そその》かした奴なんて、見つけ出して即刻処刑すべきじゃないの？」

「それは全面的に同意ですね。学院でもそのような変な輩《やから》に絡《から》まれぬよう護衛《ごえい》をつけたいのですが、呪縛の妨《さまた》げになると言って取り合ってくれないのですよ」

　参ったようにため息を吐くシャムエルに、スフィアは首を傾《かし》げた。

「護衛なんてアイツに気づかれないように勝手につければいいじゃない」

「不可能です。呪縛が働く距離内で少しでも殿下個人のことを意識すれば、その時点で位置を把握《はあく》されてしまいますから。何度か失敗していますし、これ以上信頼を損ねるような真似《まね》はできません」

（そういえば森で迷彩結界の中に入った時、私よりも早く周囲《そこ》に人がいないことに気づいていましたね……）

もしかするとあれは呪縛の効果で先に気づけたのかもしれないとスフィアは思った。向けられた悪意や敵意に敏感に反応できるなら、敵襲も事前に回避できるだろう。

「……話が逸れました。とにかく、国王陛下は王妃を治療した殿下をたいそう気に入っておられます。くれぐれも粗相《そそう》がないようにしてください」

街道の前方に立派《りっぱ》な王宮の城門が見え始めたからか、シャムエルが話の締めに入っていた。

「前向きに検討するわ」

「検討ではなく実行してください。向かう先が処刑場でもいいなら止めはしませんが」

（あぁ……帰りたいです）

内心では後ろ向きどころか今にも白目を剝《む》きそうになっているスフィアだった。

「……貴様がスフィア・ユニオールか」

王宮の謁見《えっけん》の間《ま》。

広大な空間の両脇に精巧《せいこう》に作られた柱が連なり、その中央には意匠《いしょう》を凝《こ》らした赤い絨毯《じゅうたん》が敷かれている。その紅《くれない》の道の終着点で高い玉座《ぎょくざ》から厳格な顔つきの男がスフィアを見下ろしていた。

名をオルゼウス・イラ・ヴェルヘミア。

ケウドの父であり、言わずもがなこのヴェルヘミア王国の国王陛下である。金髪で彫《ほ》りの深い顔立ちをしており、眼光には威圧《いあつ》感が滲《にじ》んでいる。その高貴な赤い衣装は身分の違いをこれでもかと見せつけているようだ。

何を血迷ったのか国王はスフィアと一対一の対談を望んだらしい。

シャムエルや他の兵が考え直すよう進言していたようだが、結局それも叶《かな》わなかったようで謁見の間の扉の前で彼らは不服そうに待機していた。

（う、ううう……心細いです……）

兵に両扉を開けられて室内に通された時、スフィアは猛獣の檻の中に餌《えさ》として一人放り込まれた気分になった。

そもそも初対面の相手と二人きりである時点で人見知りのスフィアには居心地が悪すぎる。ましてや相手が国の最高権威者となれば呪縛がなければ今ごろ卒倒《そっとう》していただろう。とんだモンスターペアレントに召喚《しょうかん》されてしまった。

「ずいぶんと頭が高いわね」

（ゴフッ……）

呪縛があっても卒倒しそうだった。

開口一番、王の前で文句を垂《た》れてスフィアは口から血を垂らしかけた。

呪縛のせいで恭《うやうや》しく跪《ひざまず》く真似など当然しない。スフィアは偉そうに腰に手を当ててふんぞり返っている。

だが、国王はそんな不敬にも動じず、眉一つ動かさない。その堂々とした態度による無言の圧力はまるで拷問《ごうもん》のようにスフィアの神経をすり減らし、今にも気が参りそうになった。

そしてしばらくして、ようやく国王は重い口を開いた。重圧を感じる低い声が静謐《せいひつ》な空間に響く。

「今日呼び出された用件はわかっているか？」

「知らないわよ。勝手に人様を呼び出して何様のつもり？」

「王様だが……」

（さて、最後の晩餐《ばんさん》はなにを頼みましょうか……）

相手が王様ならスフィアはご愁傷《しゅうしょう》様である。もうどうご馳走《ちそう》様しようかと諦めかけていた。

いつ兵を呼ばれてもおかしくない状況だが、呪縛のスフィアはやはりおかしいのか、まだ死の淵《ふち》で踊り足りないとばかりに続ける。

「しかし、あの能天気なバカ面《づら》した息子と違ってずいぶんと厳《いか》つい顔をしてるわね。もしかして本当の父親じゃないんじゃないのォッ！」

聞くに堪《た》えずスフィアは自分の顎《あご》を思いっきり殴って強引に黙らせた。

ブブァ

（本当に死刑にされます！　お願いですから敬語を！　死刑死刑死刑死刑死刑敬語敬語敬語敬語！）

流石に顔いじりからの血筋いじりはもう人として終わっている。人として終わらせられる。口元からだらだらと血を垂れ流すスフィアを、国王は冷めた眼差しで見つめていた。

「何をしている……その貴様の血で汚した絨毯の値段を知っているのか？」

「まさか脅《おど》しのつもりですか？　流石は国王様。人の不手際を看過《かんか》できぬ器《うつわ》の小ささはあの王子様にそっくりでございます。血の繋《つな》がりを軽率に疑ったこの私をどうかお許しください」

正気を疑う言動にスフィアは目まいがした。

必死に敬語と念じた甲斐《かい》あって多少言葉遣《づか》いが恭しくなったが、やはり内容に関してはたいして変わっていない。

「ですが一つ勘違《かんちが》いをされております。私は世界で一番優《すぐ》れている魔術師です。まだ私の価値を計り損ねている者もおりますが、いずれ必ず世界中が認めることになるでしょう。この絨毯の価値もたった今将来的に跳《は》ね上がりました。この血で清めた絨毯は私から陛下への献上品なのです。お喜びいただけましたか？」

また静寂《せいじゃく》が訪れる。

スフィアはもう顎を殴って止める気力もわかなかった。

（もう殺してください……）

わなわなと国王が震えている姿を見て、スフィアは今にも怒りに任せて処刑を宣告されるのだと覚悟していたが、

「ふ、フフフ。ハッッハッハッ！」

予想に反して急に腹を抱えて笑い出したのを見て、スフィアは呆気《あっけ》にとられた。先ほどまでの石のように固い顔はどこへやら、一気に温和そうに国王は相好《そうごう》を崩《くず》している。

「なるほど。エドモンドの話通り、実に貴様は愉快《ゆかい》な人物のようだな」

そう告げられて、ようやくスフィアは少し話が飲み込めてきた。

「まさか……それが素《す》？　わざと威圧的に喋《しゃべ》ってたわけ？」

顔を露骨に歪《ゆが》めるスフィアに国王は申し訳なさそうにぽりぽりと指で頬《ほお》を掻《か》く。

「いやはや。公の場と同じように王の威厳を見せるつもりだったが、これはダメだ。笑いが止まらん。流石は悪態強化の呪縛。私をここまで罵倒した者は貴様が初めてだ」

そう破顔する国王にスフィアは思わず舌打《したう》ちした。

考えてみればシャムエルですら知っていたのに、国王が悪態強化の呪縛のことを事前に知らされていないはずがないのだ。死の淵ではなく国王の手のひらの上で踊らされていたらしい。

(でも……良かったです)

道化のように見世物《みせもの》にされたことは癪《しゃく》に障《さわ》るが、これならケウドと話す時と同様にどれだけ悪態をついても全部呪縛のせいだと責任転嫁《てんか》できる。罵倒に理解を得られていただけでもスフィアは気が楽《なご》になった。

「さて場も和んだところで……本題である貴様の祖父カストディの話をしよう」

「なに？　まさか王宮での思い出話を聞かせるためにわざわざ私を呼んだの？　帰りたいんだ

けど」

数年前まで宮廷魔術師として王宮で働いていたカストディは、前人未踏《ぜんじんみとう》の偉業や功績を立て、オルゼウス国王の信頼も厚かったという。

（そうですよ。考えてみればお祖父さまを重用していたという陛下が、私を処罰するわけありません。無駄に怯《おび》えて損《そん》しました）

身内話なら用件もたいしたことがないと、一気にスフィアは思考が楽観的になっていたが、

「確かにカストディが死刑になれば、すべては思い出話になるな」

「し、死刑……？」

その強烈な単語にスフィアは呆然《ぼうぜん》とした。

「……？　知らされていないのか。カストディは重罪を犯して秘密裏《り》に牢獄《ろうごく》に収監された。これまで挙げた功績に免じて、特別に貴様宛《あ》てに手紙を送ることを許したはずだが？」

スフィアは思わず息を呑《の》んだ。

（ま、まさか、あの手紙は本当だったのですか⁉）

確かにカストディの手紙の最後に檻の中にいるようなことは書かれていたが、バカが正直に書いたような嘘くさい文を馬鹿正直に信じられるわけがない。

「じゅ、重罪って……なにしでかしたのよ」

「カストディは王宮の宝物庫に収められていた国の最高機密を盗み出したのだ。もっとも貴様が一番よく知っているだろうがな」

「は？　私が国の最高機密なんて知るわけないじゃない。ジジイからも聞いたことないわ」

まったく心当たりがないスフィアだったが、国王は確信した様子で告げる。

「いいや聞いているし効《き》いている。現に今もなお身をもって知っているだろう」

そう告げられた瞬間、スフィアの身体から冷や汗《あせ》が噴《ふ》き出した。

「ま、まさか……盗んだのって……」

「『悪態強化』の呪縛書だ」

スフィアの全身の血の気が引いていった。


国王の話によると、元々宝物庫《こ》には『悪態強化』と『逆転道化』の呪縛書が保管されており、決して持ち出されぬよう侵入を拒む結界が数十年にわたって厳重に張られていたらしい。

しかし、六年前。当時のエドモンドが王妃の治療のために呪縛書が必要だと進言したため、それらの結界を一時的に解く機会があったのだという。

「結界の解除には多くの魔術師の協力が必要だった。その時にカストディィの手も借りたのだが、奴は周囲の目を盗んで『悪態強化』の呪縛書を偽《にせ》の呪縛書とすり替えていたのだ」

とんでもない大犯罪にスフィアの背筋《せすじ》が凍《こお》る。

王宮に忍び込んだ盗賊《とうぞく》は法で極刑と決まっている。

ましてや身内が王の信頼を裏切って国の機密品をくすねたのなら擁護《ようご》しようがない。一族郎《いちぞくろう》党《とう》処刑もあり得る大罪だ。

呪縛書の知識と呪縛者だと周囲に公言しないようスフィアに教えたのはカストディだったが、もしかするとあれは窃盗《せっとう》がバレないようにするための口止めだったのかもしれない。

（本当になにしでかしてくれてるんですか……）

胃をきりきりさせながらスフィアは内心で頭を抱えた。

「全幅《ぜんぷく》の信頼を置いていたカストディが、まさかあのような愚行《ぐこう》を犯すとは夢にも思わなかった。それも己《おのれ》ではなく孫娘に読ませるとはな。罪深いにもほどがある」

「いやそれは違うわ。屋敷の地下に秘密の書庫があるのに気づいて、私が勝手に興味本位で漁《あさ》って読んで呪われたのよ。ジジイに意図的に読まされたわけじゃないわ」

屋敷の本を読み漁っていたスフィアは、地下に隠された書庫を見つけ、どんな珍《めずら》しい本が眠っているのか気になって仕方なかったのだ。

「なるほど。手癖《てくせ》の悪い盗人《ぬすっと》の血筋がしっかりと引き継がれているようだな」

「うっ……」

咄嗟《とっさ》に祖父を擁護したことが裏目に出てスフィアはたじろいだ。

できるなら喜んで呪縛書を返却したいが、ケウドが知らなかったことを考えても呪縛書を取り出す方法はおそらくスフィアの死しかないのだろう。

もう裏で処刑の方向に動いているように思えて、スフィアは今にも血だけでなく胃液もぶちまけそうになった。

（まずいです……このままだとお家ごと根絶されます……）

とにかく処刑だけは逃れようとして、スフィアは回らない頭を強引にフル回転させた。

「……そうだ。私はアンタの息子を魔王軍幹部の襲撃《しゅうげき》から守ったわよ」

「エドモンドから聞いている。実にご苦労であった」

そう称《たた》える国王にスフィアはいかにもわかってないと言わんばかりに視線を鋭くした。

「ごくろうだあ？　そんな口だけのねぎらいなんてゴミ同然よ。感謝なら行動で示してくれる？　私の呪縛がなければまちがいなくアンタの息子は死んでたわ。呪縛で王妃を助けたことが咎《とが》められないのなら、呪縛で王子を守った私も見逃されるべきよ。いいえ、むしろ褒美《ほうび》を与えられるべきだわ！　恩赦《おんしゃ》！　恩赦！」

恩着せがましい暴論だが一理あるのではとスフィアは思ったが、

「確かにな。だが、今回の襲撃の原因が貴様であるならなんの免罪《めんざい》にもならん」

国王の予想外の指摘に思わず怯《ひる》んだ。

「わ、私が原因……？」

「呪気《じゅき》は知っているか？」

「え、ええ……呪法《じゅほう》から出る魔気のことでしょ。確か呪縛者にしか扱えないって……」

「呪気が生まれるのは呪法を扱った時だけではない。呪縛者になった時にも大量の呪気を発するのだ。通常はエドモンドのように呪気が漏《も》れぬ特殊な結界の中で呪縛者になるものだが……貴様の呪気はダダ漏れだ。呪気が発生した方角にカストディの屋敷があれば、嫌でも関連性を疑う」

そう言われてスフィアは唖然とした。

確かに呪縛者になった時には魔気が大量に漏れ出ていた気がするが、まさかそれが呪気だとは今まで思っていなかったのだ。

「それでカストディを除いた者で宝物庫の結界を解いて調べた結果、呪縛書のすり替えが判明した。貴様の呪気が発生していなければ気づくのが六年後どころでは済まなかったかもしれんな」

「ってことはまさか……」

「貴様の呪気の発生から此度《こたび》の襲撃までわずか数カ月。時期を考えてもおそらくその襲撃は、貴様が漏らした呪気を魔王軍にも観測されたことが原因で引き起こされたのだろう」

ガン、とスフィアは頭が殴られたような感覚を覚えた。

王子を敵から守った功績も、その敵の脅威《きょうい》に晒《さら》した責任があっては称えられるわけがない。

「い、いやでもおかしいでしょ。私が呪縛者になったのは入学試験を受ける前の話よ。そんなに早くわかってたなら、もっと早くにジジイを捕らえられたじゃない」

「カストディは王国屈指《くっし》の魔術師だ。無策で屋敷に兵を送り込んでも貴様を連れて国外に逃げるかもしれんからな。だからこそ貴様が学院に入学して奴のもとを離れた後で、捕獲《ほかく》する段取りだったのだ」

「……！　私を人質にする気だったたってわけ」

「孫娘を置いて逃げるような恥は晒さぬだろうという希望的判断だ。もっとも、貴様が寮に移ったすぐ後、カストディの方から王宮に出向いて窃盗の罪を自白して来たがな」

「……え、なんで？」

「貴様から呪縛書を読んだことを聞いて観念したのだろう。学院生活を楽しみにしている孫の邪魔をしたくない、孫だけは見逃してくれと私に懇願《こんがん》して来たのだ。勝手な頼みだがな」

「ジジイ……」

　本当に勝手でスフィアは呆れた声しか出なかった。

（なら始めから盗まないでください……）

「だが過去を見るに『悪態強化』の呪縛者の多くはその呪いに蝕《むしば》まれ、必ずおぞましい悪事を働いている。暴言や暴行のみならず中には殺戮《さつりく》を犯した者もいる。前任の呪縛者は手に負えず処刑されていることを思えば、貴様は学院になど通わせず幽閉《ゆうへい》か処刑すべきはずだった」

　そう、ぞっとすることを平然と国王に告げられてスフィアは身震いする。

「……ならどうして私は学院に通えているのよ」

「カストディの意思を汲《く》んだのと、エドモンドに罪に問わぬよう頼まれたからだ」

　そこでエドモンドの名が出るとは思わず、スフィアは動揺した。

「あ、アイツが？　なんで？　まだまともに知り合ってもない時でしょ？」

「貴様の実力は入学試験の段階で広く知られていたからな。あれだけの才があれば呪縛でストックの杖に込める治癒魔法も良質なものになると、呪縛者の制御《せいぎょ》は呪縛者にしかできないと、周囲の反対を押し切ってエドモンドは貴様のそばにいることを望んだのだ。確かに貴様ほど優秀な人材を処刑して呪縛書を回収するのは国益に反する。魔王軍幹部の討伐《とうばつ》とその呪縛書を回収できた功績はそれほど大きい」

「討伐……？」

身に覚えのない称賛にスフィアが困惑《こんわく》していると、国王が怪訝《けげん》そうに眉《まゆ》をひそめた。

「違うのか？　魔王軍幹部を相手にエドモンドを傷一つ負わせず守り抜き、ガードウルフを撃破した英雄だと聞いているが」

（私は聞いていません……）

盛られた話にスフィアは辟易《へきえき》した。

どうやらケウドは気を利《き》かせて自分の手柄《てがら》まで全部スフィアのものとして報告したらしい。知らないうちに呪縛書どころか他人の功績まで盗んでいる。

（いや確かに傷は負いませんでしたけれども……私はむしろ殴って負わせた方なのですが……）

だが、馬鹿《ばか》正直に「王子に暴言と暴行を働いて、実は敵に恥を晒させて倒してもらいました！」などと口が裂けても言えるわけもなく、首が裂けぬようにスフィアは乗っかるしかなかった。

「その通りよ。あれしきの相手なんて私の実力があればいつでも瞬殺よ」

（さらに盛りますか……）

内心でスフィアがげんなりしているとも気づかず、国王は満足そうに頷《うなず》いていた。

「そうであろうそうであろう。そこでだ。貴様にはエドモンドの護衛を任せたい」

「護衛？」

「最近、王宮にこんな物が送られてきてな」

そう一転真面目《まじめ》な顔で国王がスフィアに見せた白い紙には、

『我が才を認めぬ愚《おろ》か者どもよ。我が最愛の同胞ガードウルフの仇《かたき》は必ず取る。絶望に震えて私がもたらす悪夢に備えるがいい——この国の真なる王ウォンゲム・ティーチ・ヴェルヘミア』

と短い文章が赤い血文字で書かれていた。

「ウォンゲム……」

フルネームからして、どうやらガードウルフが口にしたウォンゲムとは本当に昔の王族の名だったらしい。

「エドモンドからも話は聞いたが、悪戯《いたずら》にしては偶然がすぎる。元王族であれば王宮に希少《きしょう》な上級の呪縛書があることを知っていてもおかしくない。貴様がもらした呪気の量を考えれば上級の呪縛書だとすぐに気づいただろう」

「でも本物なの？　確か国外に追放された時のウォンゲムって三十代だったわよね。九十過ぎたよぼよぼの老いぼれに今さら何かできると思えないけど」

「屍術士《しじゅつし》として優秀であった奴なら、魔王軍の協力を得てアンデットとなり、当時の姿を維持《いじ》しているかもしれん。そもそも王族というだけで魔術師として上澄《うわず》みだ。その脅威に対する警護を学院で一番の強者に任せるのは必然と言えよう。引き受けるのであれば貴様もカストディの処遇も悪いようにはしない」

交換条件としては悪くない、というより呑むしかない条件だが、スフィアは一つ違和感を覚えた。

「悪態強化の呪縛を警戒《けいかい》していたのに私に頼むの？　私が脅威になるかもしれないわよ」

「問題ない。敬語対象に敬語は使えなくとも、警護対象を警護できるのは貴様がガードウルフからエドモンドを守った時に証明された。それに万が一、呪縛が暴走した時に備えていつでも制圧できるようにシャムエルに術式を施《ほどこ》させてある」

そう当然のように告げられて、スフィアは唖然と口を開けた。

「術式……ってあのクソ猫が腕を噛《か》んだのアンタの差し金だったの⁉」

(性格の悪さが滲み出て仕込まれた毒ではなかったのですか？)

「そうとも言えるしそうでないとも言える。絶対の安心性が確認できれば術式を刻《きざ》まなくていいとシャムエルに命じた。まあこの謁見の間での貴様の振る舞いを見れば、シャムエルの判断は極めて妥当《だとう》だろう」

「一方的に人の腕に変なもん植え付けておいて妥当もクソもあるか……」

「それに交友関係が皆無《かいむ》であるがゆえ、貴様からエドモンドの王子としての情報が漏れる心配もないのが素晴らしい。仮に死亡しても悲しむ者もそういないことを考えると、護衛にはこれ以上なく適任だろう」

その国王の罵倒じみた称賛にスフィアは流石にイラッとした。正直かなりイライラした。

「……あんまりナメたことぬかしますと革命を起こすわよ」

「ろくに人脈も築けぬ貴様が勝手に奮起《ふんき》したところでなんだというのだ。ああ。一人で実行するなら確かにそれは革命的な革命だな。ハッハッハ」

（静まれ……静まるのです私の右腕……）

スフィアは苛立ちを抑えつけて、うずく右腕に言い聞かせた。

ここで呪縛に負けて身を任せたら、男女平等を超えた身分平等パンチが炸裂《さくれつ》してしまう。その必殺技《わざ》が放たれたら最後、必殺の名通りにスフィアは処刑されるだろう。

しかし笑みを浮かべていた国王は、急に大きく息を吐いて胸をなで下ろしていた。

「冗談だ。悪いが少し煽《あお》って、呪縛の制御状態を試させてもらった。シャムエルからの報告通り、態度には問題があるが十分許容範囲内だろう。通常の悪態強化の呪縛者であればこう煽られただけで手が出ていたようだからな」

その言葉にスフィアは色々とぞっとした。

どうやらシャムエルは本当に呪縛の制御状態を確認していたらしい。下手に決闘に勝利して犬の真似をさせていたら、即刻処刑すべきと報告されていたかもしれない。

（偉いです私……）

そうスフィアは他の者よりも制御できている事実に優越感に浸《ひた》っていたが、

「しかし、呪縛を扱えているようで本当に良かった。今の時代に理不尽な暴力など言語道断《ごんごどうだん》。

それも王族相手に振るうほど分別がなければ護衛などもっての他。周囲に被害が及ぶ前にその首を一刀両断して、呪縛書を即回収せざるを得ないからな」

（えらいことです私……）

一瞬にして優越感が憂鬱《ゆううつ》感に変えられた。暴力など言語道断と一蹴《いっしゅう》しておいて理不尽な暴力で解決されようとしている。

それでも呪縛の効果で平然とスフィアは国王に返答する。

「心配には及ばないわ。私は生まれてこの方、暴力など振るったことなんてないから。ユニオール家の名にかけて、エドモンド殿下に指一本触れないと約束するわ」

指一本どころか殴り飛ばした事実を伏せて、王相手に息を吐くように嘘を吐く自分にスフィアは逆に息が止まりそうだった。ユニオール家の名にかける前に既《すで》に唾《つば》をかけている。

（つ、強気すぎですこの私……でも変に動揺を見せるよりは誤魔化せそうですね……）

自分事を他人事《ひとごと》のように内心で語るスフィア。性格が悪化しているとは言っても、呪縛書の表題通り、弱気な自分とはさよならであるらしい。国王もその強気な姿勢が気に入ったのか、表情を綻《ほころ》ばせていた。

「それは頼もしい。貴様にエドモンドの警護を頼んだのは正解だったようだ。期待しているぞ」

「もちろんよ。この私に失敗なんてないけど、もし万が一、殿下の護衛に失敗するようなことがあれば、あらゆる拷問《ごうもん》のフルコースを受けても構わないわ」

そしてこの世からもさよならしそうだった。

（馬鹿かお前はあああぁ！）

勝手にフルコースどころかヘルコースにされて、流石にスフィアが内心でぶち切れる。最後の晩餐が至福《しふく》の幸せに思えるほどの最悪のご馳走だ。

国王はそれをわかってか、わかった上でか、愉快そうに口元を吊《つ》り上げた。

「ほう、そこまで言うのなら拷問のスペシャリストを用意しておこう。楽しみにするがよい」

（おろろろろろろろ）


カストディ・ユニオールが収監されているのは、ヴェルヘミアの東側にあるクロセント牢獄《ろうごく》である。

高い城壁と堀で囲まれ、元々は国の東側を防衛する要塞《ようさい》として造《つく》られたのだが、今は数千人もの囚人《しゅうじん》を収容する刑務所として機能している。

王政を侮辱《ぶじょく》した学者や表沙汰《おもてざた》を避ける上級貴族なども陰《かげ》で収容されているらしい。もちろん、国の重鎮《じゅうちん》だったカストディが収監されていることも、公《おおやけ》には未《いま》だ知られていない。

「ジジイ……なんで呪縛書なんて盗んだのよ」

スフィアは大きく息を吐き、鉄格子《てつごうし》の牢屋《ろうや》の向こうにいる白髪の老人――祖父のカストディを睨みつけた。

あの後、国王に祖父との面会を希望したところ、カストディのいる牢獄まで従者に馬車で案内されたのだ。

もっとも国の功労者だけあって粗雑《そざつ》な扱いはされていないらしい。

獄内の設備は収容者のランクが高いほど充実していて、カストディの檻の中のベッドや椅子《いす》は高級品。服装も囚人服ではなくそれなりに整った衣服を着ている。

しかし、それでも収容された事実が精神的に来ているのか、スフィアが屋敷にいた時に比べてカストディはかなりやつれていた。呪縛でスフィアが怒声《どせい》を飛ばさずにやり切れない様子で咎めているのもそれが理由である。

「用件は手短に済ませてください」

やはり猫だから人間の複雑な心境がわからないのか、シャムエルの小言にスフィアはカリカリした。

「わかってるから黙ってなさいクソ猫が」

「気を短くしろとは言っていませんが。ストレスで寿命《じゅみょう》まで短くなりますよ」

「誰のせいよ！」

スフィアはがりがりと頭を掻く。

檻の近くにはカストディを見張る監視兵が二人付いているが、スフィアにはなぜかシャムエルを入れて五人もいかにも手練《てだ》れな兵が付いている。檻の外にいる自分の方が重罪人のように扱われているのが癪で仕方ない。

一刻も早く用を済ませようと、スフィアは八つ当たりのように、否《いな》、当然の怒りを込めてカストディを睨みつけた。

「聞いてるの？　なんで、呪縛書を、盗んだのかって聞いてるの。理由を聞き出せたら罪が少し軽くなるかもしれないって言われてるからとっとと答えなさいよ。なにかやむを得ない事情があるなら私が脱獄させてあげてもいいわよ」

（いいわけがないです……）

周囲が無言で警戒態勢となって杖を構え出したのを見て、スフィアはすぐに言葉を訂正《ていせい》する。

シャムエルだけでも厳しいのに他の何人もの兵に囲まれた状況で、そんな無謀《むぼう》な真似はできない。

「まあそれは冗談だけど……盗んだ理由を黙秘しているから檻から出すことも検討されないいんでしょうが。理由くらい言いなさいよ。まだ私に迷惑かけるつもり？」

すると迷惑という言葉に反応したのか、目を虚《うつ》ろにして俯いていただけだったカストディが、唇《くちびる》を震わせながらゆっくりと呟いた。

「魔が差したのじゃ……呪縛書を本棚に飾ってみたくなってな、盗んだ後にすぐに過《あやま》ちに気づいたが、既に宝物庫には厳重な結界が張り直されていて、密《ひそ》かに返却することもできんかった。だから地下の書庫に隠していたんじゃが……」

「学院に入学する前に私が読んでしまったと、そう言いたいわけ」

スフィアはその時点で酷《ひど》く疲れた顔をしていたが、カストディは嘆くように頭を抱えていた。

「そうじゃ。すべては魔が、間《ま》が悪かったんじゃ……」

「いや、悪いのはアンタでしょ」

「そうじゃ。すべてはワシが悪かった。ワシが、ワシのせいでスフィアにどれだけ迷惑をかけたかと思うとどう詫《わ》びたらいいのかわからん。許してくれとは言わん。せめてスフィアだけは、スフィアだけは許してくれえ。これ以上不幸な目に遭《あ》わせんでくれえ……お願いだぁ……」

そう鉄格子を摑《つか》んで周囲の兵にカストディは懇願していた。

もっとも兵にそんな権限があるわけもなくただ困惑し、シャムエルは気まずそうに視線を逸らしている。

スフィアはうんざりしたように大きく息を吐いた。

許してくれとは言わんとぬかした後に許してくれと言われるとまともに話を聞くのも馬鹿らしくなる。

「あのね。呪縛書を本棚に飾りたかったなんて理由が通ると思ってる？　そんなことでこんな大罪犯さないでしょ。ボケる前にボケてないで早く白状なさい」

「本当にワシが、ワシが勝手に盗んだんじゃ。ワシのワシによるワシのための愚行《ぐこう》のせいでこんなことに……ううう……」

「ああもうワシワシうっさいわね。泣きたいのは私よ……」

泣き崩れるカストディを置いて、話にならないとスフィアはうんざりしながら牢獄を後にした。

学院に向かう帰路の馬車の中、スフィアは腹を立てながら頭を抱えていた。

「ったく……呪縛書だけでなく、盗んだ理由まで隠そうとするなんて厄介《やっかい》なジジイね……」

ワシが悪いの一点張りで話を深掘りしようとすれば、泣いて有耶無耶《うやむや》にされる。きっと誰もまともに話を聞けなかったのだろう。スフィアでさえこの短時間で会話を放り出したくなった。

「…………」

そこでふと、向かいの席でシャムエルが物憂《ものう》げな表情で馬車の外の景色を眺《なが》めているのに気づいて、スフィアは訝《いぶか》しげに目を細めた。

「見張りがそんな呑気《のんき》に私から視線を逸らしていていいの？」

「……別にもう王宮から離れてますからね。学院に帰るまでの引率《いんそつ》みたいなものです。貴方の方こそちゃんと見なくて良かったのですか？」

「見なくてって何をよ」

「未来の住居の視察のことですよ。いずれ檻に入るんでしょう？」

「刺殺《しさつ》されたいの？」

「もう入る気ですか……」

そうため息をつきながらも視線も合わせずに心あらずの様子で虚空《こくう》を眺め続けるシャムエルに、スフィアはやはり違和感を覚えた。

「アンタも……なんか私に隠してない？」

「え？」

「なにか後ろめたいことがあるような顔をしているわ。ジジイと同じでね」

そう問い詰めると、シャムエルは煩《わずら》わしそうに息を吐いた。

「……昔カストディが宮廷魔術師として働いていた時に私が世話してやったことがあったので、現状に思うところがあるだけです」

「そういえばアンタって伝説通りなら数百歳をとうに超えてるんだっけ。ババアが若作りしてよく学院に通えるわね」

「歩く窃盗品には言われたくありません。カストディの孫なので大目に見ていますが、私がいつでも国を害する危険人物として即刻処刑すべきと陛下に進言できる立場にあることをお忘れなく。いえ、やはり忘れてください。あれだけ無様《ぶざま》に敗北しても突っかかれる貴方には覚えられませんから」

「こんの……大目に見ていた割にはアンタ初めて会った時から私に敵意剥き出しだったでしょうが。私なにかアンタにした？」

本気でわからなそうに告げるスフィアに、シャムエルは忌々《いまいま》しげな表情を浮かべていた。

「それも覚えてないのですか……つくづく不快な人ですね。なにも知らずにのうのうと生きていられて羨《うらや》ましいです。まあそれがカストディの望んだことなのでしょうけれど」

「なんでそこでジジイの名前が出てくるのよ」

「……別に深い理由はありません」

「嘘こけ。なんか……アンタなんであのジジイが黙ってるのかわかってそうね」

「別に。動機など本人の口から語らない限り想像の産物でしかありませんから」

「含みのある言い方がうざい。じゃあその想像を言ってみなさいよ。的外《まとはず》れだったら私が笑ってやるから」

「笑えませんよ。貴方にだけは」

「……？」

「確かに悪いのはカストディです。盗んだ罪もカストディにあります。でも貴方がカストディを責めることだけは許せない」

そう迫真の表情で言われてスフィアも押し黙った。


翌日。

スフィアは休日なのを利用して、王都で一番大きい図書館を訪れていた。祖父が呪縛書を盗んだ動機をひとまず自力で調べることにしたのである。

（しかし、初めて来ましたが悪くないですね……）

カストディの屋敷の書庫に十分な量の本があったので、わざわざ出向こうと思わなかったが、もっと早く一度は来るべきだったとスフィアは少し後悔していた。

館内の視界一面に広がる本棚は壮観で、謁見の間の神秘的とすら感じる静謐に比べて、図書館の静寂は圧迫感がなくて心地が良い。

テーブルに置かれている杖に本の名前か検索条件を告げれば、自動的にその条件に合う本が浮遊魔法で運ばれて来るので、探す手間が省《はぶ》けてスフィアはますます好感が持てた。

スフィアは杖を振るい、カストディに関わる本をひとまず片っ端から持って来る。

しかし、王宮の宮廷魔術師として挙げた功績の華々《はなばな》しい歴史ばかりで、スフィアはテーブルに置いた資料の本を見ながらため息を吐いた。

（家で何十回も聞かされた話ばかりですね……）

スフィアも幼い頃に嫌というほどカストディの話を聞かされて嫌気が差していたからこそ、これまでわざわざ祖父のことを調べようと思わなかったのだ。

（やはり呪縛書が盗まれたという六年前の資料から徹底的に調べ……）

そこで資料のページをめくっていた指が止まり、その年表に書かれていた項目にスフィアの目は釘付《くぎづ》けになった。


――ナイトメア・パーティー。


「ナイトメア……パーティー？」

七年前の項目にスフィアの知らない内容が書かれていたのである。

他の項目は覚えているのに頭の中でそこのページだけ記憶が抜き取られているかのように、

その年付近の項目だけまるで記憶にない。

そして次に飛び込んで来た文章にスフィアは目を疑った。

――孫娘スフィアの誕生会パーティーのさなかにカストディの息子レイノルドと夫人のジョセフィーヌが死亡。誕生会に来賓《らいひん》したほとんどの貴族が亡くなった。

「な、なにこれ……」

淡々《たんたん》と書かれた強烈な内容に、スフィアはひどく衝撃を受けた。

レイノルドとジョセフィーヌは紛《まぎ》れもなくスフィアの両親の名前だ。

（わ、私の両親は病気で死亡したと聞かされていましたが……）

物心つく前にカストディにそう聞かされていたので、事実との食い違いにスフィアは動揺を隠せなかった。

何より一番寝耳に水だったのは、スフィアが知らないところで死亡していたのではなく、彼女自身が大きく関わっていたことだ。

「わ、私の誕生会で死亡って……なんなんですか！」

思わずスフィアは叫ぶ。

静寂な館内に声が響いて来館者の視線が集まったが、目の前の資料に気を取られすぎて彼女はそんなことを気にする余裕もなかった。

同名の隠し子でも祝っていたのかと馬鹿げたことを疑うほど、スフィアには意味がわからない。

まるで別の世界に突然切り替えられたよう。それほど資料を読む前と読んだ後ですべてが変わった。彼女が今まで認識していた世界がひっくり返った。

混乱しながらそのナイトメア・パーティーに関する資料を読みふけるうちに、スフィアの顔面はどんどん蒼白《そうはく》になっていた。

どうやら七年前のスフィアの誕生会の時、突如《とつじょ》現れた狼男にパーティーが襲撃される事件があったらしい。

誕生会のパーティーに参加していた者は十余名を残して全員惨《むご》たらしい状態で死亡。屋敷も炎上して焼死体が数多く見つかったようだ。

生存者の話によると、誕生会で送られた品物に紛れて狼の獣人《じゅうじん》が忍び込んでいたらしい。その獣人に爪《つめ》で深く傷つけられた貴族が次々と狼男に変貌《へんぼう》していったようだ。

容姿こそ似ているものの狼の獣人と違い、狼男に理性はなく人を無差別に襲《おそ》いだした。そしてその狼男から傷を受けた人間も狼男に変わるので、被害者が連鎖《れんさ》的に増えたのだという。

呼称《こしょう》が紛らわしいのでその狼男は人から変わった狼ということで、以後、人狼《じんろう》と呼ばれることになる。

人狼が暴れて来賓《らいひん》した貴族や使用人を次々と襲う中、狼の獣人は屋敷から貴重な書物と宝石を盗み出した後、辺《あた》り一帯を放火して逃走したようだ。

満月の夜に悪夢めいた事件が起こったことから、この誕生会は『ナイトメア・パーティー』

と称されていた。その十余名の生き残りの中にスフィアも含まれているのだろう。

しかし、スフィアがショックだったのはその事件のことよりも、

「まったく知らないわ、こんなの……」

その事件についてなにも覚えていないことだった。

おそらく実行犯の狼の獣人というのは、その資料に書かれた外見の特徴と屋敷が放火されたことから考えても、炎の魔法を扱っていたガードウルフの可能性が高いだろう。

だが、スフィアは森林で会ったガードウルフの顔に見覚えなどなかった。

事件が起きたのはスフィアが七歳の時。もう物心はとっくについて魔法すら上級魔法を習得するほど分別があったのに、だ。

「いや……私はいつからジジイの屋敷に住んでたっけ……？」

そこで自分の記憶が曖昧《あいまい》なことにスフィアは気づいた。

祖父の屋敷の記憶しかほとんどないので、またそうであったかのようにカストディが語っていたので、スフィアは生まれた時から祖父の屋敷に住んでいるのだと思い込んでいた。

過去の記憶に靄《もや》がかかってあまり思い出せなくても、忘却消除《しょうじょ》の魔法の後遺症かなにかで思い出せないだけだと深く考えなかった。

だが、現実は違う。

スフィアの誕生会が開かれた場所は祖父の屋敷ではなく、父親のレイノルドの屋敷だ。両親が生きていたのなら、スフィアもその屋敷でまちがいなく過ごしている。両親の記憶も残って

いるはずなのだ。

「ま、まさか……」

スフィアは図書館を飛び出して馬車で王都を離れ、公爵領にある祖父の屋敷に向かう。

突然来訪したスフィアに使用人たちが驚いていたが、無視して彼女はさらなる情報を求めて屋敷の地下室の書庫を調べることにした。

幻影魔法で偽造された隠し扉の床を開け、階段を降りてスフィアは地下室の書庫に入る。

燭台《しょくだい》に【フレア】の魔法で火を灯《とも》すと、壁際に並んだ本棚や床に散らばった本や紙の束が目に入った。図書館の整然とした綺麗な空間とは違い、使用人にも手出しさせていないのか埃《ほこり》が浮いていてスフィアは思わずむせ込んだ。

「ケホッ、ケホッ……ジジイがいなくなってから誰も入ってないのかしら」

貴重な本があるから近づけないようにしていたのか、それとも元から使用人に話していなかったのか。

不快感に耐えながら何か重要な資料が隠されていないかと強盗のように物色《ぶっしょく》していると、スフィアは厳重に梱包《こんぽう》してある本を発見した。

時間をかけて開封すると、それは一冊の古ぼけた日記帳だった。

「これは……幼いころの私が書いた日記……！」

自分の名前が書かれているのでまちがいない。一番の重要品と言わんばかりに丁寧《ていねい》に保管されていたのを見ても、カストディがこの日記を大切に扱っていたのがわかる。

手に取った瞬間、スフィアは全身から嫌な汗が流れ出していた。

まるで覚えていなくても身体が読むことを拒絶しているよう。

図書館の時よりも認知が歪まされそうで、正されそうで急に見なかったことにしたくなる衝動に駆られた。

（なにを臆《おく》しているのですか……ここまで来てもう引き返せません……）

そう緊張と不安を強引に押し殺し、スフィアはおずおずとその日記帳を開く。

そして読み進めて行くうちに、戦慄《せんりつ》が全身を駆け抜けていた。

そこにはスフィアが知らない日常が書かれていたのである。

両親と外食に出向いたり、世界で数冊しかない貴重な魔導書を購入してもらったり、六歳にして上級魔法を習得して両親に絶賛されて喜んだりと、極めて楽しそうな日々が描かれている。

だが、そんな思い出はスフィアの記憶にはまったくない。

両親に対して愛が語られているのに、それが心に響かない。

むしろページをめくる度《たび》に逆に改めて心にぽっかりと穴が空《あ》いていたのを思い出し、その穴がどんどん広がっていくような気がした。

「なんで……覚えてないの……」

気がついた時には声から悲愴《ひそう》感が滲み出ていた。

めくっても、めくっても、めくっても。

スフィアはなに一つピンと来ない。自分が過ごした日々だとは思えない。

他人の日記を読んでいるようだ。日記の中ではスフィアの言動も活発的で、内向的なスフィアはどこにも存在しない。むしろ今の自分が偽者《にせもの》だと言われている気分になった。

だが、七年前の『ナイトメア・パーティー』と後に呼ばれる誕生会当日の記述から、明らかに様子がおかしくなった。

体裁《ていさい》の整っていた字体が見る影もなく崩れ、書き手に異常が発生したように文字の一つ一つが歪んでいる。

だが、その日に起きた真実は書かれてある。

おおよその内容は図書館にあったものと同じだったが、実体はスフィアが想像していた以上に悲惨だった。

誕生会のスピーチで失敗して本棚の裏に隠れている間に、招いていた貴族のほとんどが外で殺されていたらしい。屋敷が放火されて慌ててスフィアが外に出た時には死屍累々《ししるいるい》の有様《ありさま》で、次々と焼死体に変わっていく悲惨な光景だったようだ。

そして、最終的には襲撃して来た人狼をスフィアは殺害。

不慮《ふりょ》の事態とはいえ、両親を自分の魔法で殺害していた事実に、スフィアはふらふらと本棚に身体を預けた。

呪縛の効果があっても流石に傷心は誤魔化し切れなかったらしい。あまりのショックでスフィアの思考は泥《どろ》のように淀《よど》んでいた。

そしてそこから日記の内容が一転、事件に対する懺悔《ざんげ》の記述が多くなっていく。

——屋敷で私が隠れていなければあの悲劇を食い止められていたかもしれない。

——狼男の正体が両親だと殺す前に気づけていたら何か変わったかもしれない。

——私が……私が……


日記が進むにつれて当時のスフィアの精神状態は明らかに悪化していた。

そして、一年後の誕生日の当日。

日記は『本当にごめんなさい——』という文を最後に途切れていた。

おそらくこの後に祖父が日記に気づいて地下室の書庫に隠したのだろう。処分しなかったのはそこに事件の詳細《しょうさい》が書かれていたのと、両親との大切な時間のことも書かれてあったからに違いない。世間《せけん》に公表して見世物にされたくなかったのだろう。

ここまで読めば……流石にスフィアもどうして自分が何も覚えていないのか想像がついた。

両親を殺してしまった事実に耐え切れず、自分の頭に忘却消除の魔法をかけて両親に関する記憶を完全に消してしまったのだと。

現に日記の後半にはもう両親の姿を死体でしか思い浮かべられないとひどく苦しんでいた。前半に書かれていた明るい日常が嘘のように、暗く陰気な内容しか書かれていない。どこにも外出しようとせず、ずっと家で憂鬱に過ごしているだけだ。その一年間から今のスフィアが形成されていったのだろう。

気がついた時にはスフィアは涙を流していた。

過ちに深く傷ついたのか、何も思い出せないから、なぜ泣いているのかすらわからない。

『正直、地位ある王子が人生棒に振って、ふざけた落ちこぼれとして底辺でヘラヘラしてんの怖いんだけど？』

そうケウドに言った言葉がふと脳裏《のうり》に蘇《よみがえ》る。

「何が怖いんだけど、よ。両親を殺したことも忘れてヘラヘラ生きていた私の方が……よっぽど怖いじゃない……」

自分が誰よりも道化だった。

こんな事件も仇のガードウルフも忘れて一匹狼を目指していたのがあまりに皮肉。人が焼死体として散乱しているのを目撃していても、炎の魔法に抵抗を微塵も覚えていなかったあたり、事件について本当にすべて忘れてしまったのだろう。

今までお気に入りだからと身につけていたリボンが誕生日に両親に送られたものだとすら知らなかった。

形見《かたみ》だとすら知らなかった。

自分が形見にしたのだとすら……知らなかった。

（私は……大切なことを何も覚えていない……）

そう考えた瞬間、スフィアはもう身体に力が入らなくなった。

自分の根幹があまりに空虚《くうきょ》で、すべてがどうでもよく感じてしまったのだ。

ナイトメア・パーティー。

それはカストディ・ユニオールにとって悪夢としか言いようがない出来事だった。

当時彼は溺愛《できあい》する孫娘の誕生会に是《ぜ》が非《ひ》でも参加する気でいた。

だが、数日前から高熱を出して意識不明に陥《おちい》っていた王子がいたため、宮廷魔術師として治療に協力すべく彼は急遽《きゅうきょ》王宮に残ることにしたのである。

(極《きわ》めて残念じゃが……この状況で誕生会を優先したらワシがスフィアに怒られてしまうわい)

毎年訪れる誕生会より、人命優先。

カストディにとって当然の判断だった。

しかし、実際に人命を脅《おびや》かす深刻な事態だったのは……言うまでもなく誕生会の方。

「おおおおおおおおおォッ……!」

王子の容体の回復に安堵《あんど》したのも束の間、翌朝にその惨劇《さんげき》が知らされた彼は誕生会に行かなかったことを深く後悔し、しばらく寝込んでいた。

そして、カストディは自分の屋敷にスフィアを引き取ることになった。だが、そこにはかつて自信家だった少女の姿はどこにもなかった。

「……」

あるのは表情に暗い影を落とし、二度と笑わなくなった痛ましい少女の姿だけ。事件で精神的に致命的な傷を負ったのだろう。ずっと部屋に閉じこもりきりで口数も少なく、食事もろくに取らなかった。執事《しつじ》やメイドも困り果てていたという。

カストディも傷心し切った彼女とどう接すればいいのかわからず、医師の指示通りに親身に接することしかできなかったのである。

そして、一年が経《た》とうとしても状況は何一つ好転せず、スフィアはもう日に日に衰弱《すいじゃく》していた。医師からはこのままでは生命の危機に関《かか》わると警告され、カストディは彼女まで失うのではないかと、気が気でなかった。

そんな時だった。

国王陛下《へいか》の要請《ようせい》で宝物庫《ほうもつこ》の結界の解除に協力するよう頼まれたのは。

その知らせを聞いた瞬間、カストディの脳裏《のうり》に稲妻《いなずま》が走った。

スフィアが自責の念にこのまま潰《つぶ》されてしまうくらいなら、誰かに負の感情をぶつけてでも心を強く持てるようにすればいいのではないかと。

この機会を逃せばもう助からないかもしれない。カストディには呪縛書《じゅばくしょ》を使って彼女を救えという、神からの導きのように感じられたのだ。

だからこそ、彼は『悪態《あくたい》強化』の呪縛書を盗むことにした。

発覚すれば死罪は免《まぬが》れないようなリスクを背負うも、奇跡のような幸運が味方して、彼は結果的に『悪態強化』の呪縛書を宝物庫から手に入れたのだ。

（やった……やったぞ……！）

これで今度こそ助けられると、スフィアの力量であれば呪縛も必ず制御《せいぎょ》できると、カストディは信じて疑わなかった。

だが、やはり悪事を働くことが神の導きであるはずがなく、あれは悪魔の囁《ささや》きだったらしい。

「……どうかされましたか？　お祖父《じい》さま」

屋敷に戻った時、生気《しき》を失っていたスフィアの瞳《ひとみ》に光が宿っているのを見てカストディは言葉を失った。一年で染みついた陰気な性格こそ変わらなかったが、破滅的だった精神面が劇的に改善されていたのだ。

喜ばしいことに違いない。

しかし、その代わりに何を失ったのか、彼女の傍《かたわ》らに置かれていた『忘却消除《しょうじょ》』の魔導書を見て全《すべ》てを察した。

「そう、か……」

カストディは脱力した。

少女は強かった。誰の力を借りずとも自分の手で解決してしまった。全ては余計なお世話だったのだ。

犯した罪は重く、もはや手遅れ。

呪縛書を返却しようにも宝物庫には厳重な結界が張り直されており、今さら返却など不可能だ。

「ワシも忘れよう……」

カストディはこれ以上の思考をやめて、地下室の書庫にスフィアが記していた日記と呪縛書を隠すことにした。もっと他に手段はあったのかもしれないが、彼もこの一年間で疲弊《ひへい》していて考えるのに疲れていたのである。

第四章　道化の夢想は笑えない

休日を終えてもスフィアは学院には戻らず、カストディの屋敷の自室に引きこもっていた。

屋敷は年季《ねんき》が入っており外観は古臭く見えるが、内装は手入れが十分に行き届いた綺麗《きれい》な造《つく》りになっている。調度品もアンティークなものばかりではなく、海外から取り寄せた流行の品がそれなりに置かれていた。

「お嬢様。お食事の用意ができましたが……」

丸眼鏡《めがね》の老執事《しつじ》がスフィアに扉の向こうから声をかける。

しかし、スフィアは壁際でふさぎ込むようにうずくまるだけで反応しなかった。

(私は……いったいなんなのでしょう)

両親を殺した罪と両親を忘れた罪がスフィアの心にのしかかったまま、どこうとしない。

忘却消除《しょうじょ》の魔法を使ったと思われる日と呪縛書《じゅばくしょ》が盗まれた日が同日なのに気づいて、カストディが自分のために呪縛書を入手したのだと嫌でもわかってしまった。カストディの間違った努力を無駄にし、勝手に呪縛書を使用してさらに罪を重くしたのだから、親不孝な上に育ての親まで不幸にしている。

周囲を見下していたが、見下されるべきは自分だった。

呪縛がなければ真っ当な人間だとスフィアは思っていただけに、呪縛がない時の方が人として誤っていた事実で、精神的にこれ以上なく打ちのめされたのだ。

しかもスフィアの誕生日は来週に迫っている。

これから先、両親を殺害した日だと思いながら歳《とし》を重ねるのかと思うと、もう何も気力が湧《わ》かず、誰とも会話せずに一人でこのまま朽《く》ちていきたい気分だったが、

「お嬢様。屋敷の前でケウド・フラガーと名乗る少年がお嬢様にお会いしたいと申し出ていらっしゃいますがいかがなさいますか」

流石《さすが》にその老執事の言葉にはスフィアもぴくっと耳を傾けた。

まさか学院から実家のこの屋敷まで出向いて来るとはスフィアも思っていなかったのだ。

「……ウチの敷地を跨《また》がせないで」

「畏《かしこ》まりました」

廊下の足音が遠ざかっていく。しばらく扉の方を見つめていたが、スフィアはまた俯《うつむ》いて自分に言い聞かせるように呟《つぶや》いた。

「……これで良かったのよ」

「何が良かったって？」

「ぎゃっ！」

突然、部屋の暖炉《だんろ》の中から煤《すす》にまみれたケウドが現れて、スフィアは思わず後ろに飛び退《の》き、

頭を壁にぶつけた。

「いつつ……」

「お、おい。大丈夫かよ。ったくそそっかしいな」

「誰のせいよ！　どっから不法侵入してんのよ！」

おそらく【ワーフワーフ】かなにかで煙突から侵入して来たのだろうが、いくら冬ではないとはいえ何かの理由で暖炉に火をつけていたら煙と熱で死亡してもおかしくない。あまりに命知らずな行為だった。

しかし、ケウドはどこ吹く風といった様子で煤を払いながら飄々《ひょうひょう》と言いのける。

「いやいやいや。屋上に勝手に侵入したお前が、『侵入される方が悪い』って話してたってシャムから聞いたぞ。だから悪いのはお前だろ」

「こんの……クソみたいな揚《あ》げ足取りで言質《げんち》とって現地まで来やがって……」

部屋の床を煤で汚されているのを見てスフィアは怒りが一気に込み上げたが、すぐに尻《しり》すぼみになった。呪縛で一時は強気になっても、今のスフィアは心にぽっかり穴が空《あ》いているのですぐに気力が削《そ》がれてしまう。

「……なにしに来たのよ変態」

「もちろん見舞いに来たんだ。寮にも戻らないで学院を休んでたら心配になって来るだろ」

「それで暖炉から来るバカはアンタしかいないわよ。……いやバカは私か」

どの口で言うのか、責める権利が自分にあるのかと、スフィアは自嘲《じちょう》するように吐き捨てた。

「滑稽《こっけい》よね。無知だとアンタを見下していたのに一番無知なのは自分だったなんて。アンタも知ってたんでしょ？　七年前に私の誕生会で大勢の貴族が殺されたことを」

「……まあな」

「でもこれは知らないでしょ。私は両親を殺してるの」

そうしてスフィアは部屋に持ってきていた日記を見せて、事件の詳細《しょうさい》をケウドに語った。

「わかったでしょ？　私は忘却消除の魔法で両親を殺した事実から逃げたの。記憶を完全に消して忘れたから夢にも出てこないのは当然よね。向き合えないから忘れたのに、忘れた後に思い出して向き合おうとするなんて愚《おろ》か極《きわ》まりないわ」

そう吐き捨てた後、しばらく静寂《せいじゃく》が続いた。きっとこれで見放されただろうと、スフィアは思っていたが、

「……あの『ナイトメア・パーティー』で生まれた狼男は人狼《じんろう》って呼ばれてるんだが、その人狼化の魔法についてお前は詳《くわ》しく知ってるのか？」

ケウドの表情は先と変わらず諭《さと》すような口調だった。

「……知らないわよ。多分ジジイが事件に関する本は徹底的に屋敷から取り除いていたから。調べたのはつい最近だし」

「あの魔法は肉体を別の種族に造り変えるだけあって、人体に酷《ひど》い負荷《ふか》がかかるんだ。市街に出て暴れていた人狼は、数時間後には自分の身体《からだ》を掻《か》きむしって全員死んでいる」

「……え？」

「人狼にされた時点で……誰にも助けられない命だったんだよ」

「だから……私が両親を殺したことに罪がないとでも言いたいの？」

「お前は両親を殺してない」

「は？」

「死体に残された痕跡《こんせき》から人狼化の魔法には、ウォンゲムが関《かか》わっているのはわかってるんだ。人狼化した死体の傷は致命傷で、おそらく死者を蘇生《そせい》した際に人狼化が生じている。だから人狼となった時点でお前の両親は人として亡くなっているんだよ。お前に罪があるとしたら殺人じゃなくて死体損壊《そんかい》罪とかだ」

そう真面目《まじめ》な顔で告げられてスフィアは呆《あき》れ返った。

「どんなフォローの仕方よ……無理があるわ」

「そもそもお前が一番罪を覚えるべきなのは人狼にされる前に両親を助けられずに、隠れて引きこもっていたことじゃないのか。罪を反省するならまず引きこもるのをやめろよ」

「それは……」

割と痛いところを突かれてスフィアは思わず視線を逸《そ》らした。

「現にお前がこうして引きこもっているから、俺は学院を出て一人でこの屋敷にまで乗り込んできたんだぞ。道中で悪党に襲《おそ》われたら全責任はお前にあるからな」

「は!?　ふざけんな！」

「あいにく道化はふざけるのが仕事だからな」

「アンタ王子でしょうが……」

「なおさらだ。君の言った通り私は器《うつわ》が小さいんだ。人の上に立つだけあって、権力を振りかざすのは得意なんでね」

かつて森で言った言葉を意趣返《いしゅがえ》しされて、スフィアは大きく息を吐いた。散々《さんざん》日常的にボロカス言っても気にしていないとスフィアは思っていたが、案外気にしていたのかもしれない。

「……はあ、まさか嫌味をそのまま嫌味にして返されるとはね……」

「君のご両親に対する罪を贖《あがな》う方法があるとすればそれは幸せに生きることだと思う。もちろん、子の不幸を望む親だとしたら話は変わるけれど……この日記にはそう書かれていないだろう？」

「前にも言ったけど……どうして私を助けるのよ？　悪態《あくたい》強化の呪縛が私に刻《きざ》まれた時も学院生活を送れるように進言したらしいけど、別に私に優しくしても何の見返りもないわよ」

事実、礼も言えずに罵倒《ばとう》すら返してない。

すると、ケウドは少し言いよどんだ後に照《て》れくさそうに言った。

「見返りならいらないし友達なら助けるのは当然……と言っても納得しないだろうね。実は私は君に昔助けられたことがあるんだ」

六年前。それは王妃《おうひ》の病《やまい》を治すために演劇団とのリハーサルを終えた後のこと。

「流石は殿下《でんか》……完璧《かんぺき》でございました」

　人間姿のシャムエルが感激したように持ち上げるのを見て、エドモンドは苦笑いを浮かべた。

「そんなことないよ。まだ至《いた》らぬ点ばかりさ」

「いえ。道化の真似事《まねごと》など王族である殿下にとって大変受け入れがたく、多大なる責任による緊張で役そのものに没頭できないのではないかと不安に思っておりましたが、台詞《せりふ》から立ち振る舞いまで文句のつけどころがありません！　これならば王妃も必ずやお助けできるでしょう」

　悪気はないのだろうがそう信じ切った眼《め》で告げられて、エドモンドは気後《きおく》れしていた。

「ハハ……本番は道化の役に加えて無詠唱《むえいしょう》で完全治癒《ちゆ》魔法を唱《とな》えないといけないから、そんなに安心は……」

「自信を持ってください殿下。呪縛の効力を除いた状態で唱えた完全治癒魔法は魔力量さえ揃《そろ》えば完全に機能しておりました。それこそ失敗する前兆《ぜんちょう》すらございません。必ずや成功します」

「そう、だね……」

「では殿下。私はこれで失礼致します。手筈《てはず》通り、王妃様が入られた箱は事情を知らぬ者にちゃんと劇場に運ばせますのでご安心を」

「ああ、そうか。シャムはそばにいてくれないんだね……」

「申し訳ありません。私も傍《かたわ》らで殿下が治療を成し遂《と》げるところをお見届けしたいのですが、呪縛の効果の妨《さまた》げにならぬよう、作戦上殿下のそばに誰も付くわけにいかないのです。代わりに防衛のためにストックの杖に私の魔法を込めておきましたので、万が一の時はお使いください」

「ありがとう……」

遠い目をしているエドモンドに気づかず、

「では殿下。ご武運を祈っております！」

信頼に満ちた目でシャムエルに別れを告げられて、エドモンドは舞台裏でため息を吐いた。

すると、『渡り鳥演劇団』の団長が快活そうに笑ってやって来た。

「どうしたセーヒン。ずいぶんとしょぼくれた顔してるじゃねえか」

「あ、団長」

団長や団員にもエドモンドの正体は明かしておらず、セーヒンという役の名で通っている。

身分の差を気にせず話しかけられるのがエドモンドは新鮮に思えた。

団長はやれやれと肩をすくめて参ったように口を開く。

「まったく突然劇の役にお前を押し込まれた時はどこのふざけた野郎が来るんだと思ったが、まさかこんな一日で台本を丸暗記して完璧に振る舞えるなんてふざけるにもほどがありすぎだ。リハーサルであれだけ観客が盛り上がったのは初めてだぞ」

「そうだよセーヒン。あなたの実力は本物。今からあなたがこの国で道化師として華々《はなばな》しいデビューを飾ると思うと心が躍《おど》っちゃうね」

「しかしよくやるもんだよ。台本通りとはいえ、他の奴《やつ》が出した無茶ぶりを「できらあッ！」の一言で次々とやり遂《と》げていくんだから。最終的に油をかぶって猛獣に追われながら火の輪くぐりし出した時は笑い転げて涙が出そうになったぜ」

（……私は殺す気かと思ったよ……）

団長の他にもぞろぞろと集まる団員たちに称《たた》えられて、エドモンドはすっかり気が滅入《めい》って
いた。

「よしっ！　本番前の休憩《きゅうけい》だ。各自コンディションを万全に整えておけよ！」

そう手を叩《たた》いて解散していく劇団員たち。そして急に訪れた静寂に、心許《こころもと》なくなり、エドモンドはふらふらと心ここにあらずのまま劇場の外に出た。

（無理だ。絶対に無理だよ……）

気がつけば人気《ひとけ》のない裏路地でエドモンドは顔を青ざめながらうずくまっていた。

それも当然、失敗すれば王妃が死ぬ。下手をすればケウドが道化のフリをしている間に死亡して入れていた箱が棺桶《かんおけ》になるかもしれない。人命に関わる状況で明るく振る舞える方がどうかしている。

それでもエドモンドはこれまでただ精一杯《せいいっぱい》やっただけで最上級の評価を与えられてきた。魔法を振るえば絶賛され、少し畏まっただけで貴方《あなた》こそが王にふさわしいと持ち上げられる。

今回も呪縛書を使えば助けられるかもしれない、とわずかでも救える可能性を見つけたから進言しただけで、別に自分がやるとも自分ならできるとも一言もエドモンドは言っていない。

しかし、なぜか当然のようにエドモンドがやることになり、当然のように周囲に王妃もこれで助かったと言わんばかりに安堵《あんど》される。不安を表に出さないように造り出した上辺だけの仮

面に誰しもの最大級の期待と信頼を寄せられて、エドモンドは今にも押しつぶされそうだった。

開演時刻が迫るにつれて、恐怖で身体が震えだす。

「とまれ、とまれ、とまれ………」

そう必死で念じても、あざ笑うように震えは大きくなるだけだった。

「無理だ……無理だよぉ……」

エドモンドはもう処刑台に立つ前のように絶望して塞《ふさ》ぎ込んでいた。

積み重ねた努力があればまだ信じられるが、急造で叩き込んだだけの演技に自信など持てるはずがない。王族が道化師を演じる機会などないので、与えられた役からして共感できなかったのだ。

逃げてしまえたら、
この責任と重圧から解放されたなら、どれだけ心が軽くなるだろう。

しかし、もう逃げられない。目の前の現実にエドモンドが命を絶つことすら脳裏《のうり》をよぎった時、

「あ、あの……」

それは聞こえた。

「え？　……うわっ！」

隅《すみ》で縮《ちぢ》こまりながら座って本を読んでいた少女が話しかけてきたのだ。見るからに影が薄くて放心していたエドモンドにはとても気づけなかった。

「だ、だ、大丈夫ですか……？　なにか凍《こご》え死にそうなほど震えていますけれど……」

「私は……」

そこでエドモンドは口をつぐんだ。道化師として来ている以上、普段の王族としての振る舞いは求められていない。エドモンドは悟られないようにセーヒンという名のふざけた役に入って雑な口調で返した。

「ふっ、武者震いだから心配はいらないぜ……ってお前も大概《たいがい》震えているように見えるんだが」

そうエドモンドが首を傾《かし》げて指摘《してき》すると、目の前の少女は俯きながら答えた。

「道化師の方に話しかけるのは初めてで……不安なんです」

自信のなさの現れか、よく見ると少女も震えていた。そんな中で勇気を振り絞《しぼ》って声をかけてくれたことにエドモンドは心の中で感謝し、その不安に共感を覚えた。

「……俺も寒いわけじゃなくてただ不安なんだ。今日の劇は絶対に失敗は許されない。逃げることなんてもっと論外だ。それなのに……怖くて仕方がないんだよ」

今の状況は断崖絶壁《だんがいぜっぺき》に架《か》けられた細い橋の上で、目をつむったまま逆立ちして歩くようなものだ。そんな中で手が震えていたら成功なんてできるわけがない。

そう声を震わせながら本心を吐露《とろ》した時、

「……え？」

エドモンドは目を疑った。

少女が急に口の端と目尻《めじり》を指で思いっきり広げて変顔をかましてきたのだ。その突然の奇行

にエドモンドも思わず言葉を失った。

「……何してるの？」

「……！　ちょっと死んできます！」

真顔《まがお》で答えたエドモンドに少女は顔を赤くして駆け出そうとしていた。エドモンドは慌《あわ》てて腕を摑《つか》んで止める。

「お、おい！　解説してくれ！　なんだったんだ今のは！　気になって本番に集中できない！」

すると、少女はケウドから顔を背《そむ》けながら今にも泣きそうな顔で答えた。

「わ、笑わせたら緊張をほぐれるかもって思って……恥《はじ》を捨てて一世一代《いっせいちだい》の勇気を振り絞ったんです。けどダメでした。もう私も貴方もこれでお終《しま》いです……」

「いや俺まで勝手に終わらせるな……あれ？」

そうエドモンドがツッコんだ時、いつのまにか震えが消えていたことに気づいた。

背負った人命が二人に増えて重くなったのに、不思議とさっきよりも気分が軽くなっていたのである。

（これなら……！）

「……ありがとう。君は命の恩人だ」

「へ？」

まさか礼を言われると思っていなかったのか、きょとんと首を傾げる少女にエドモンドは自然と笑みがこぼれていた。

そして、この時に彼は悟ったのだ。

どれだけ無様《ぶざま》だと笑われようと、どれだけ滑稽だと馬鹿《ばか》にされようと。それで誰かの笑顔を守れるのなら……それは紛《まぎ》れもなく誇らしい行為なのだと。


「こうして君のおかげで緊張がほぐれて劇は大成功。王妃の治療も成功したってわけさ」

「どこが私のおかげよ……」

唐突《とうとつ》に顔芸を晒《さら》してスベって死にたくなった話をまるで美談のように語るケウドに、スフィアはげんなりとし頭が痛くなった。

「身を削《けず》ってまで笑わせようとしてくれた君の姿に私は心を打たれたんだ。だからあの時に確かに私は思ったんだよ。君はこの世の誰よりも優しく……美しいと」

正面から恥《は》ずかしげもなくそう告げられ、スフィアは呆《あき》れたように目を逸らした。

「はあ……夢見すぎよ。正直覚えてないし。私にとっては最悪の記憶だからそれも忘却消除の魔法で消しちゃったかもね」

「えええええっ！　私の大切な思い出なのに！」

そう愕然《がくぜん》とするケウドにスフィアはふっと鼻で笑う。

「まあでも私もアンタがケウドとして笑わせようとしている時に確かに思ったわね。アンタはこの世の誰よりも愚かで……醜《みにく》いと」

「ひ、酷い……」

ガックリうなだれるケウドを笑い飛ばしながらも、スフィアは呪縛に心の底から感謝した。

きっと呪縛がなければ誰よりも美しいなんて言われたのが恥ずかしすぎて、顔を赤くしたまま誤魔化《ごまか》す言葉すら出なかっただろう。

流石に……その道化の夢想は笑えない。

「まったく人が弱ってるとこに王子の口調に直して追い詰めないでくれる？　傷口に塩塗るんじゃなくて、常《つね》に恥の上塗りするのがアンタでしょ。ほらほら愚かで醜いケウドに戻りなさい」

「はいはい愚かで醜いケウドのご登場です」

「自分で言ってて悲しくならないのかしら」

「ああ嬉《うれ》しいぜ。お前の調子が戻って来たみたいだからな」

そうニッと笑うケウドにスフィアはふて腐れたように唇《くちびる》を尖《とが》らせる。

呪縛の効果もあるだろうが、もう二度と立ち直れないと思っていたのが、ちょっとケウドが来ただけで回復するというのは、それはそれで面白《おもしろ》くなかった。

（やっぱり、完全に忘れてしまったのでしょうね……）

結局、両親が殺された時の心の傷よりも、今のスフィアの傷は浅かったのだ。

大切に思うからこそ傷つくのであって、記憶にない相手にずっと過度な罪悪感を覚えることはできないのである。むしろこうも薄情に切り替えられてしまった自分に、スフィアはやるせなさを感じた。

するとと、なぜかケウドがほっと胸をなで下ろしていた。

「でも良かったぜ。お前のことだから今回のことも忘却消除の魔法で忘れて、全部なかったことにするんじゃないかって心配だったんだ」

そう言われてスフィアは少しムッとした。

「ナメないで。同じ過《あやま》ちは犯さないわよ。でも忘れた時に何が起きたのか絶対思い出せないのは思った以上に恐ろしいから、もう忘却消除の魔法は使わないようにするわ。それに……間違ってでも今日のことを忘れたくないしね」

もしかしたら記憶にない中にもっと大切な思い出があったかもしれないが、スフィアにとっては今日が今まで生きてきた中で一番大切な日になったのだ。

それほど、嬉しかったのである。

何がとは言わないし言えないが。それでも遠回しにでもスフィアはケウドに感謝を伝えたかったのだ。

しかし、ケウドは気まずそうに俯いている。

「やっぱり勝手に部屋に入ったの怒ってるんだな。……本当にすみません。だから不法侵入で通報だけは勘弁《かんべん》を……面倒《めんどう》くさいことになるので……」

顔を覚えたとばかりに睨《にら》まれているように見えたらしい。まったく伝わらずスフィアはガクリと来た。

（でも確かに不法侵入は不法侵入で咎《とが》められるべきですね……）

「そうね。よく考えてみれば私のはただの不可抗力だし、無断で私の部屋を土足で荒らしたアンタの方がよっぽど罪深いわ」

「そ、そんなに……」

「ってことで、お詫《わ》びとして今度の私の誕生日になにかプレゼントしなさい」

「プレゼント？」

「ええ。私が満足いく物をくれたら許してあげるわ。最低でもこの両親の形見《かたみ》のリボン以上の物をよろしく」

「無理でふ……」

あまりの無茶ぶりにケウドは酷くげっそりして縮こまっていた。形見の時点でもはや超えようとするのがおこがましく、無条件降伏《こうふく》させてほしい案件である。

しかし、スフィアは当然のように許さない。

「無理じゃなくてどうすればできるのか知恵を出すのがアンタの仕事よ。もしふざけた変な物を渡してみなさい？　今度はアンタが私の親の顔を見に行くことになるからね」

「でふ……」

調子を取り戻したことで言葉の切れ味も鋭くなったらしい。

そう嬉々《きき》として国王陛下《へいか》の謁見《えっけん》よりも厳しいことをスフィアに告げられ、ケウドは遠い目を浮かべていた。

「眠い……」

翌日。ケウドは死にそうな顔で学院に登校していた。

昨日のスフィアの日記に『ナイトメア・パーティー』に関する気になる記述があったので、ケウドは夜通し調べていたのだ。

日記によると、当時人狼に襲われた貴族の一人が死に際に『違う。ウォンゲム』と呟いていたらしい。事件についてはケウドも事前にある程度把握していたため、その貴族の身元は思いの外、早く見当がついた。

その貴族は海外の渡航歴から、ウォンゲムに国外で買収されて侵入の手引きをした可能性が高いとされていた男だった。

今際《いまわ》の際《きわ》の状態で呟いた『違う。ウォンゲム』という言葉は『話が違う。ウォンゲム』という意味で、あの場で口封じに遭《あ》って殺されたのかもしれない。

(日記も提供することになったし、後は捜査機関に任せよう……)

とにかくここ数日、スフィア関連で色々ありすぎて流石にケウドも疲労で参っていた。

これで治癒魔法を貯《た》めるために笑わせる必要があるのだから、今にも倒れそうである。

しかし、追い打ちをかけられたのはそんな矢先のことだった。

『ガードウルフの仇《かたき》は必ず取る。ウォンゲム・ティーチ・ヴェルヘミア』

「なにこれぇ……」

流石にケウドは青ざめた。

学院の敷地中にそんな犯行声明が書かれた紙がばら撒《ま》かれていたのである。

何百枚と書かれたそれは石畳《いしだたみ》の通路から柱、校舎の入り口から中までありとあらゆるところに貼《は》られていた。

「ちょ、ちょっとちょっと。どうなってんのよこれ！」

ざわめく生徒たちの中から慌てた様子で現れたスフィアにケウドは捉《つか》まれて、談話室にまで連れて行かれた。

そして、迷彩結界を張った後、スフィアがケウドをギロリと睨んだ。どうやら体調はすっかり良くなったようだが機嫌はすこぶる悪いらしい。

「アンタ、いくらなんだって冗談でもやっていいことと悪いことがあるのわかんないの？」

「いや、疑うどころか犯人断定すんな……俺はやってない」

「だったらなによこの紙は。この学院に本当にウォンゲムがいるとでもいうの？」

「それは……」

ケウドは答えられなかった。

しかし、これで必要以上に大騒ぎしてはこの犯行声明が事実だと認めるようなもの。額面通りに受け取るのであれば、敵の狙《ねら》いは騒ぎを起こしてガードウルフを倒した関係者をあぶり出そうとしているのかもしれない。

「わからないけど、とにかく普段通りでいようぜ。いつもと違う行動を取ったらそこを突かれるかもしれない」

「……わかったわよ」

渋々《しぶしぶ》といった調子で引き下がったスフィアにホッとしつつ、ケウドはため息を吐いた。

(いつものケウド・フラガーのように振る舞うなら、世紀の大発見のように騒がないとな……)

あまり騒ぎにしたくない本音を抑えて、ケウドは教室に着くや否《いな》や、

「これはきっとなにかの暗号文だ！　必ず俺が解き明かしてやるぜ！」

と大袈裟《おおげさ》に宣言してキャラを貫《つらぬ》いた。

そしてクラスメイトから失笑を買いながらも、授業中でも犯行声明の紙をじっと見つめていると、ふとケウドは違和感を覚えた。

(……王宮に送られてきた声明文と筆跡が違う……)

どうやら学院でばら撒かれた紙は別人が書いたものであるらしい。明らかに字の特徴が違っているのだ。

(でもならいったい誰が……)

そして、犯行声明の紙からふと顔を上げると、教室の生徒が皆殺しにされていた。

「……え」

ケウドは思わず絶句した。

いつのまにか教室が血の海と化して、赤一色の景色になっている。

普段の授業中はケウドが机にうつ伏せになっていたが、今は他の生徒が机から崩《くず》れ落ちたのか、床に頭を擦《こす》りつけていた。

足元に血が滴《したた》っているのに気づき、ケウドは慌てて席を立った。

「い、いったいなにが……スフィア！」

そう振り返ってケウドは絶望した。

そこには制服姿の首がない死体があったのだ。

「あ、あああぁ……！」

スフィアのことを頭がおかしいと侮辱《ぶじょく》する生徒がいた時、ケウドは咎めていたがこれは流石に頭がおかしい。色々とおかしい。何もかもがおかしい。

手を握っても冷たく絶命は明らかだった。いくらケウドが治癒魔法に優《すぐ》れていても死者までは治せない。

それでもケウドは悲しくなかった。

あまりにも突飛《とっぴ》な事態すぎて現実だと受け止めきれなかったのである。いくらなんでも犯行声明の紙を見るのに夢中で、他の生徒がこんな惨殺《ざんさつ》されているのに気づけなかったというなら、それはもう死んだ方がいい。

ケウドが他のクラスの生徒の安否《あんぴ》を確認するために廊下に出た時、さらなる混乱に突き落とされた。

「よう、久しぶりだな」

「なっ……」

そこには下卑《げび》た笑みを浮かべたガードウルフが、待ち受けていたのである。

第五章　忘却少女はよく笑う

教室の『魔法歴』の授業。

「大事なところだからなー。聞き逃したり眠りこけたりしてると補習地獄になるぞー」

ウッセ教諭の忠告もどこ吹く風と爆睡をかますケウドに、クラスメイトがニヤついていた。

それを見てスフィアはこのいじりも仕込みかと半分呆《あき》れていたが、ふと違和感を覚えた。

（あれ、本当に寝ていますね……）

笑われているのに杖《つえ》をイジっている様子がない。あれだけ治癒《ちゆ》魔法を込めることにこだわっていたのにと、スフィアは意外に感じた。

（珍《めずら》しいです。それに……優等生のルータスもいませんね）

ルータスの席は空席になっていた。もしかするとスフィアがいない間に体調を悪化させてしまったのかもしれない。

授業が終わって、次の移動教室のためにクラスメイトが廊下に出ていく。ケウドだけはまだ机に頭を一体化させていたので、仕方なくスフィアはケウドを起こすことにした。

「ほら、よだれ垂《た》らしてないで起きなさいよ」

そう軽口を叩《たた》いて肩をゆすった途端《とたん》、ケウドは床に倒れ込んだ。

「え……？」

よだれどころか、脇腹《わきばら》から血を垂れ流して。


「ぐっ……」

引き裂かれた脇腹を押さえながらケウドは校舎の三階の廊下を駆け回っていた。通常であれば激痛でまともに走ることもできないが、ストックの杖に込めていた治癒魔法でなんとか致命傷を軽傷まで回復させている。

「はっはっは！　おいおいその程度か！」

廊下の奥からガードウルフの高笑いが響く。跡形《あとかた》もなく消し飛ばしたはずなのに、森で見た時と同じ姿をしていることにケウドは違和感を禁じ得なかった。

（本当にどうなって……？）

あまりに非現実的な光景すぎて夢だと思いたいが、それにしてはあまりに痛みがリアル。

しかし、現実だとも思えない。ガードウルフが放った炎で校舎が一部炎上しているが、まったく騒ぎになっていない。迷彩結界を張られているならわかるが、ケウドの視界はまったく色褪《いろあ》せていなかった。

そして何より、ガードウルフがずっと高笑いしているのに、彼に対してケウドの『逆転道化』の呪縛《じゅばく》はまったく機能せずにいた。

(ならやっぱりあれは実体じゃない……!)

呪縛が機能していないのであればケウドも本来の力が発揮できる。素《す》の実力さえ出せればガードウルフが相手でもケウドは引けを取らない。

「ガードウルフを殺したのは……貴様か?」

しかし、その凄《すご》みのある声にケウドの表情が固まった。

ガードウルフの背後から漆黒《しっこく》の闇《やみ》が渦《うず》巻《ま》き、そこから人影が現れたのだ。

「なっ……」

思わずケウドは絶句する。ガードウルフを殺害したのが自分であると悟られたからではない。その闇から現れた人物はどう見ても自分とそう歳《とし》の離れていない少年だったのだ。

「だ、誰だよお前……」

見た目の姿とはかけ離れた毅《き》然《ぜん》とした瞳《ひとみ》で、少年は告げた。

「我《われ》はヴェルヘミアの真なる王。ウォンゲム・ティーチ・ヴェルヘミアである。もう一度訊《き》く。貴様がガードウルフを殺した王族か?」

ケウドは返答に迷った。

ガードウルフとは違いウォンゲムと名乗る少年には『逆転道化』の呪縛は機能している。

だが、明らかに復讐心《ふくしゅうしん》に囚《とら》われていて、相手を道化のように思う心の余裕など微塵《みじん》もない。

森の時のように喚《わめ》き散らして媚《こび》を売っても、笑うどころか逆上されるだろう。

だがエドモンドとして話せば、もう二度とウォンゲムは隙《すき》を見せることはなさそうだ。

ひとまずケウドは状況を飲み込めていない愚民《ぐみん》のように振る舞うことにした。

「お、王族なんて知らねえよ。それよりどこなんだよここは！　俺の知っ……」

【レジル】

しかし、それすらも許されない。

ウォンゲムがケウドの額《ひたい》に向けて杖を振るい、容赦《ようしゃ》なく魔弾を発射していた。

直撃すれば間違いなく死が確定する。

ケウドは反射的にストックの杖を取り出して、シャムエルが込めてくれた【ハイルシウド】の盾《たて》でかろうじて防いでいた。

（しまっ……）

「なるほど、今の魔弾を防ぐ実力はあるようだな。まあ王族かその護衛《ごえい》であればこれしきの攻撃は防げて当然ではあるが」

そうウォンゲムに告げられてケウドは戦慄《せんりつ》した。

（最悪だ……！）

ケウドの全身が呪縛《じゅばく》で蝕《むしば》まれ、体内に流れる魔力の流れが露骨《ろこつ》に悪くなっていく。

もはやただの平民だと言い逃れするのは厳しい。

道化だと思われていないだけで魔法が劣化しているのに、実力者だと認められてはもはや自前で魔法を唱《とな》えることは困難だ。戦闘になればストックの杖の魔法で対処するしかない。

しかし、ケウドは治療用の魔法のために保管スペースをもったいながって、ストックの杖に防衛用の魔法をほとんど入れていなかった。


『……そんな装備で大丈夫ですか?』

『大丈夫だ。問題ない』


シャムエルに自信を持って返答したのが、もはや遠い日のように思えてくる。

ガードウルフの一件があっても、「あんなイレギュラーな事態はそうそう来ないよ」と、必死に説得するシャムエルを心配性だと説き伏せてしまったのだ。治癒魔法を込めた杖を一本でも多く医療機関に届けたい思いが、完全に裏目に出てしまった。

「どこか答えてやろう。ここは貴様の夢の中だ。我は【夢幻牢獄《ろうごく》】の呪縛者。相手の夢に入り込み牢獄のごとく相手を閉じ込める能力がある」

「む、夢幻牢獄……?」

「貴様が読んだ術式はガードウルフの姿を連想した者のみ、睡魔《すいま》が訪れるように仕込んであった。いくらしらを切ろうと貴様がガードウルフの姿を目撃した事実は揺るがない。貴様の夢にガードウルフの現《うつ》し身がこうして具現化したのが何よりの証拠だ」

「くっ……」

夢に登場したのが根拠だと言われる日が来るとはケウドも流石《さすが》に思っていなかった。

だが、確かに名前と顔が結びついていない限り、たまたま偶然一致して夢に出てきたなど訴えても信じてもらえないだろう。

やはりガードウルフは本物ではないようだが、実力や性格は森で出会った時とまったく変わらないようにケウドには思えた。

（もし私のガードウルフの記憶が夢にそのまま反映されているなら……勝ち目がない……）

胡乱《うろん》な夢とは違い、指摘《してき》されなければ気づけないぐらいにはこの夢幻牢獄の世界は安定している。現実と同じ法則で動いているなら、急に空を飛んで逃げられるようになるなんて突飛《とっぴ》な事態は起こらないのだろう。

森でガードウルフに勝利できたのは、呪縛の効果を最大限に発揮できたからだ。

だが、今は違う。

ガードウルフがどれだけ笑おうと呪縛は作用せず、ウォンゲムにはむしろ逆に働いて弱体化される。状況はあまりにも絶望的だ。

「わ、わかった。質問にはなんでも答える。でも気になって頭が回らないから一つだけ教えてくれ。お前本当にウォンゲムなのか？　教室で聞いた話だと六十年前に追放された王族でもう九十代だから偽者《にせもの》だって聞いたんだが」

「……私は父の名を継ぐ者だ」

「父の……？」

そこでケウドははっとした。ウォンゲムは妻子と一緒に国外追放されたと。その子供の名前はルーズメア・ナイト・ヴェルヘミア。追放された時の歳は……ケウドの一つか二つ下だったはずだ。

「父は誇りある屍術士《しじゅつし》だったが、死体を弄《もてあそ》ぶ野蛮な輩《やから》として評価されなかった。それでも私と母だけはずっと変わらず尊敬し、他の誰に貶《おとし》められようといずれその努力は結ばれると、この国の上に立つ存在としてふさわしいと信じていた。冤罪《えんざい》をかけられるまではな」

「冤罪……？」

「父は許可を得たと騙《だま》されて荒らしてはならぬ墓まで手を出したのだ。父の存在を疎《うと》んだ貴族たちに嵌《は》められてな。無実を訴えたものの誰にも相手にされず、領地は没収され爵位も剝奪《はくだつ》され国外に追放された。その時の我々の絶望がどれほどのものか貴様にはわかるまい」

「……」

「追放先で母は首を吊《つ》り、父は追放したヴェルヘミアに対する復讐のために、魔王軍に所属した。だが私は追放先の環境に慣れず、重い病《やまい》に伏せていた」

『苦しい、殺してください父上……私は母上と一緒に父上の悲願の達成を祈っております……』

「今でもあの冬の寒き日のことは肌《はだ》で覚えている。最後の凍《い》てついた記憶だ。だが、父は自分の命を代償《だいしょう》にした蘇生《そせい》魔法を私にかけることで成功させたのだ。史上初の、人間が自我のあるアンデットとして生まれ変わる偉業を成し遂《と》げたのだよ！」

（よく喋《しゃべ》るな……）

「血が近い者ほど蘇生魔法の成功の確率は高かったらしい。病で蝕まれた身体《からだ》もアンデットになった途端に動かせるようになった。もう人のぬくもりも感じられない身体だったが……私は父の蘇生魔法が不完全ながらも成功したことに歓喜《かんき》し、父の死を嘆《なげ》き深く悲しんだ。国への復讐を投げ出した父の無念がどれほどのものか、間近《まぢか》でその姿を見ていた私は誰よりもわかる」

「だから……父親の名を名乗っているのか」

「私はあの時に確かに死んだのだ。そんな私の矮小《わいしょう》な名より偉大な父の名を世間《せけん》に知らしめるべきなのは当然だ。だから私は、我は！　ウォンゲム・ティーチ・ヴェルヘミアは！　すべてを奪ったヴェルヘミアからすべてを奪うと誓《ちか》ったのだ。あの腐った国の全《すべ》てを屍《しかばね》に変えてな！」

そう高らかに謳《うた》うように告げられて、ケウドは苛立《いらだ》ちが募《つの》った。

「……腐ってるのは国じゃなくてお前だろアンデット。お前の主張のどこに関係ない奴《やつ》の誕生会を台無しにする理由があるんだ」

「誕生会……？　ああ、『ナイトメア・パーティー』のことか。誕生会に父を嵌めた老害貴族たちも何人か招かれていたゆえ、死なれる前にまとめて殺害することにしたのだ。ガードウルフの協力を得て完成した新魔法の良い披露《ひろう》機会だった」

「ふざけんな……！　それで残された人がどれだけ苦しんだと思ってるんだ」

「だからこそ屍術師が必要だったのだろう。死んだ者の苦しみを癒《い》やすためにな」

「お前が殺して苦しみを与えたんだろうが。お前がしでかした虐殺《ぎやくさつ》のどこに屍術師の存在を肯定する要素がある。むしろお前の存在が屍術師にろくな奴がいないと父親の評価を汚して……」

瞬間、魔弾が脇《わき》を閃光《せんこう》のように通り過ぎ、ケウドは思わず息を呑《の》んだ。

「御託《ごたく》はいい。次は貴様が答える番だ。まさか夢だから死んでも問題ないと思ってはいないだろうな？」

「そ、そりゃそうだろ。夢なら覚めればいいだけの話だ」

「バカめ。我が入り込んだ夢は現実を凌駕《りようが》する。この夢幻牢獄で生まれた貴様の傷は現実に反映され、死亡すれば現実でも死ぬ。現実でどれだけ起こそうと、傷を治療しようと癒えることは決してない。この牢獄には誰も干渉《かんしよう》できんのだ。我が死ぬか別の夢に移動するまで無限に貴様は囚われる」

（よし……）

ケウドは内心で拳《こぶし》を握る。

わずかながら見下されたことで、呪縛の呪《のろ》いが緩和《かんわ》されて、魔力の流れが微弱に改善された。

もちろん何の解決にもならないが糸口にはなる。

「おいおい死人のくせに話が長えよ。早くやっちまおうぜ」

しかし、ガードウルフが脇であくびをしているのを見て、ウォンゲムははっと我に返った。

「いかん。今は友の復讐のためにここに来たのだったな。夢に生まれた現し見の存在でしかないが……それでもガードウルフであることに変わりない。我ではなく貴様の手で葬《ほうむ》るのが筋《すじ》だろう」

魔王軍幹部の二人の眼光がケウドを貫《つらぬ》く。

魔法を唱えずともわかる圧倒的実力差にケウドは戦慄した。

「我はヴェルヘミアの真なる王であり、この夢幻世界の支配者。夢幻王ウォンゲムである！さあ貴様の実力を見せてみよ。亡き友の仇《かたき》を、無念を！　今晴らす！　やれガードウルフ！」

【ウル・フレア！】

ガードウルフの炎狼《えんろう》の魔弾が廊下を駆け抜け、目の前の空間を炎で埋め尽くす。

ケウドにはもう、防ぎようがなかった。


「いったいどうなってんのよ……」

スフィアは保健室のベッドで苦しそうに眠るケウドを見ながら混乱していた。

教室で倒れたのを見て、すぐにその出血した腹部の傷を治すべく治癒魔法をかけようとしたが、まったく効《き》かなかったのである。

だが、スフィアがかけていないのに急に腹部の傷が治りだしたり、新たな傷が生まれたりしているのを見るに、なにか異常が起きているのは明らかだ。

まだ人目についていなかったので、スフィアは迷彩結界と【ワーフワーフ】の浮遊制御《せいぎょ》魔法を使って、ケウドを密《ひそ》かに保健室まで運んだのである。

「私にもわからない。……見たことのない症例だ。傷さえ生まれなければその苦悶《くもん》の表情はただ悪夢にうなされているだけに見えるのだが……」

保健医のクレメディ養護教諭が悩ましげにケウドを診断する。背の高い長髪女性で医療に関《かか》わるものだけあってその佇《たたず》まいからは清潔感が感じられた。

「本当に貴方《あなた》が何かしたわけではないんですね？」

「だからそう言ってるじゃない」

脇から確認して来るシャムエルにスフィアはうんざりする。

ケウドが倒れたことをどこから聞きつけたのか、シャムエルは保健室にいきなり入るや否《いな》やしつこくスフィアを問い詰めてきたのだ。

始めは犯人のごとく疑われていたが、ケウドを運んで来たのがスフィアだと知って多少疑いは解けたらしい。スフィアに対して棘《とげ》が丸くなっていた。

「やっぱりこの犯行声明の紙がなにか関わっているんでしょうね」

倒れたケウドが握っていたウォンゲムの犯行声明の紙をスフィアはじっと眺《なが》める。状況を考えるとこの紙に何か術式が刻《きざ》まれていたと考えるのが妥当《だとう》だろう。

自分も引っかからないように最大限の注意を払いながら紙を調べていると、紙の端に焦《こ》げ跡を発見した。他の紙にはついていなかったことから考えても、おそらくケウドが魔法で火を使った跡なのだろう。

スフィアが炎で紙を炙《あぶ》ってみると、案の定、夢を誘導する術式が浮かび上がった。シャムエルが怪訝《けげん》そうな顔つきで見ている。

「なんですかそれは」

「見えない術式よ。……初めて見るわ」

透明に書かれている分、効果が薄いのだが、次に見る夢の内容を誘導するだけの簡素なものだったので、成立したのだろう。効果の薄さが逆にうまく働いて干渉されていることにもスフィアは気づけなかった。

その時、突然、深刻な表情を浮かべてソクシー教諭が、保健室にルータスを連れてきたのを見て、スフィアは思わず息を呑んだ。

やはりルータスはスフィアが学院を休んでいる間に体調がさらに悪化していたらしく、目の下のクマがさらに酷《ひど》くなっており、見るからに顔が青ざめていた。

「アンタそんなに体調崩《くず》してたの？　なにやってんのよ」

てっきりルータスが学院に無理やり通おうとしていたのを、ソクシー教諭が止めて保健室に連れて来たのかとスフィアは思ったが、そうではないらしい。

「ルータス。すぐに知っていることを話しなさい」

「知っていることって……どういうことよ」

そうスフィアが訊くと、ソクシー教諭は残念そうに答えた。

「私は『術式学』で生徒たちが記した術式を細かく観察しています。特にルータスの術式は整然としていて美しかったので特に印象に残っていたのです。学院に散布された術式の筆跡がルータスのものと酷似《こくじ》していたので寮の部屋まで出向いて問い詰めると、ついに認めました」

「認めたって……まさかこいつがケウドをこんな目に遭《あ》わせたの⁉」

スフィアの視線が鋭くなったのを見て、ルータスが申し訳なさそうに力なく俯《うつむ》いていた。

「本当に……ごめん。僕は……本当に……許されないことをした」

そのかすれた声にスフィアは思わず息を呑んだ。どうやらルータスは見た目以上に衰弱《すいじゃく》しているらしい。

「ウォンゲムは……実はウォンゲムの息子で、僕のルームメイトだったんです」

「？？？」

そう告白するルータスの言っている意味を、スフィアはしばらく理解できなかった。


「あ、アンデットの侵入まで許したの、この学院は……もう廃校しなさいよ……」

スフィアの想像をはるかに超越して学院のセキュリティはガバガバだったらしい。ルータスの自供を聞いてスフィアは目まいがした。ソクシー教諭も白目を剝《む》いている。

ウォンゲム（ウォンゲムの息子）はかなり若い時にアンデットになり、それから現在に至《いた》るまでその当時の姿を維持《いじ》していたようだ。

そして、偽造した書類で入学試験を突破して入学したのだという。国内ならまだしも海外の住所の確認は難しく、そのまま通ってしまったようだ。

その後、ウォンゲムはルータスとルームメイトになった。

人を寄せつけない性格をしていたのも偽の肌に触れられて腐った部位が露見《ろけん》するのを嫌がったためらしい。

ウォンゲムが学院に潜入したのは、学院で集会がある時に生徒たちに傷をつけて、人狼《じんろう》化の魔法で地獄絵図にすることでヴェルヘミアの評価を地に落とすためだった。

だが、強力な呪気《じゅき》の反応がヴェルヘミアの国内で現れたと魔王軍から報告があり、ウォンゲムはしばらく学院で待機することになった。

魔王軍は呪気の大きさと形状から成人ではないと突き止めていたので、学院に潜入したままの方が情報収集に都合がいいと思ったのだろう。

「ガードウルフが誰かに討伐《とうばつ》されたと察したウォンゲムは、ここにいるのが危険だと判断して学院から一時離れたんです。でも仇討《かたきう》ちのために学院から離れた場所で、呪縛者になったようで……」

ウォンゲムは【夢幻牢獄】の呪縛者で、相手の夢に入り込んでその相手を夢の中に閉じ込める力があったという。

そしてルータスの夢に現れ、毎晩のようにヴェルヘミアに対する愚痴《ぐち》をしつこく語っていたらしい。それでルータスはここまでウォンゲムの内情に詳《くわ》しいようだ。

「日に日に怒りが増していったようで、次第《しだい》にウォンゲムに学院に潜《ひそ》む王族を探せ。従わなければ家族を全員殺すと夢の中で僕は脅《おど》されたんです……」

重い表情で語るルータス。前にやつれていたのはそのためだったらしい。

ルータスの部屋に残されたペットのネルマジロは睡眠時間が長く、ルータスが学院に通っている間のほとんどの時間、ウォンゲムはネルマジロの夢の中にいたという。

「別にアンタに王族を探させなくても、ウォンゲムが手当たり次第に生徒の夢の中に潜り込んで調べていけば済む話なんじゃないの？」

「夢の時間は現実と同じ間隔《かんかく》で進んでいて、他の夢に移るのにも魔力を使うから、気軽に他の夢に回れなかったみたいだ。人数を増やすほど起きた時に自分の呪縛の効果を公言されるリスクが上がるから、夢に移る相手を絞《しぼ》っていたんだと思う」

「なるほどね……」

確かに夢の中に閉じ込めても、眠り続けているだけで睡眠に関する魔法が疑われる。現実に干渉させるには必ず起きる必要がある以上、脅迫《きょうはく》の相手を絞るのは当然だった。

「それにあらゆる生物が夢を見る以上、膨大《ぼうだい》な数の夢の中で特定の相手の夢を狙《ねら》って入り込むのは難しいようなんだ。でもあらかじめ夢の内容がわかっていれば特定してその夢に向かえるみたいで……」

「それで夢を誘導する術式を使ったってわけか……」

ルータスは夢の中でウォンゲムが指示した術式の刻み方を教え込まれて、現実にて自分で術式を書いて学院に紙をばら撒いたらしい。

ウォンゲム直伝《じきでん》の見えない術式の効果は、この術式を見た相手にガードウルフを夢に出すというものだった。

ガードウルフの単語からあの狼男の姿を正確に思い浮かべられるのは姿を知っているスフィアとケウドだけ。見事に狙い撃ちされていた。

「どうか僕の家族を避難させて……」

そう言って、疲労と睡眠不足が祟《たた》ったのか、ルータスが気絶しそうになる。

「いけません。ウォンゲムに夢に入れ込まれないよう、対策ができるまで寝かせないようにしませんと」

それを見て慌《あわ》てたソクシー教諭に連れられて、ルータスは別室に移り、ビンタされ続けていた。

「どうした！　なぜ逃げる！　貴様がガードウルフを殺《あや》めたのではないのか！」

頭上から聞こえるウォンゲムの叫び声を無視して、ケウドは校舎裏の陰《かげ》に隠れて悶絶《もんぜつ》していた。

「ごぼっ、ごほ……」

左半身を炎の熱で焼かれて体調はかつてないほどに悪い。

ガードウルフの炎狼の魔弾は廊下の壁を抉《えぐ》るように迫って来たので、逃げ場がなくケウドはもう窓から外に身を投げるように飛び出すことしかできなかった。

顔の半分は焼かれて熱で左眼は失明し、左腕は黒く焦げて感覚がないほど重度の火傷《やけど》を負っていた。足はかろうじて軽度の火傷で済んだが、それも三階から飛び降りた時にダメになった。着地と同時に治癒魔法をかけて落下の負傷は抑えたが、それでも両足は骨折して衝撃で全身が軋《きし》むような痛みが残っている。物陰に隠れているだけで意識が激痛で飛びそうだった。

当然のことだが実力差は圧倒的で覆《くつがえ》ることはない。

ガードウルフの放った炎一つでケウドは既《すで》に満身創痍《まんしんそうい》の状態だった。

（早くしないと……）

右手で杖を左腕に押しつけながらケウドは焦燥《しょうそう》感に襲《おそ》われていた。

もう今使っているストックの杖で外傷系に効く治癒魔法は最後。他の治癒魔法は感染症や発疹《はっしん》、疾患《しっかん》に関するものでこの状況では何の役にも立たない。

「【シホンヒール】【セカンヒール】【スタンヒール】……」

ケウドは使い道のない治癒魔法を空打《からう》ちして、間違えないように【ワーフワーフ】の魔法が保管されたストックの杖を握る。

このままウォンゲムたちが来なければ、【ワーフワーフ】で浮いて屋上に隠れることで、しばらく見つからずに済んだかもしれないが、

「なんだこのザマは……」

ガードウルフに抱えられたウォンゲムが三階から地上に降りて来て、その望みは一瞬にして絶たれた。

獣人《じゅうじん》の脚力がそのまま夢にも反映されているのなら、この程度の高さから飛び降りようと

ガードウルフにはまったく支障がない。

「ハッハッハ、ずいぶんひでえやられようだなおい。俺の魔法一発でこうなっちまうとはザコすぎて笑えてくるぜ」

森では嬉《うれ》しく思えたガードウルフの高笑いも今のケウドには何も嬉しくない。現にこの醜《しゅう》態《たい》で火に油を注いだらしく、ウォンゲムは鬼の形相《ぎょうそう》でケウドのことを睨《にら》みつけていた。

「ふざけるな……ふざけるなッ！　こんな無様《ぶざま》な奴がガードウルフを倒したわけがない！」

「いやいや、けどこいつが倒したんだよ。俺よりも凄《すげ》え炎をぶわあって出して俺も思わず喚き叫んじまってよ。跡形もなく消えて敗北しちまってな」

「黙れ……！」

ウォンゲムが杖を振るった瞬間、照《て》れくさそうに笑っていたガードウルフの姿が一瞬にして消えた。夢幻王と名乗るだけあって夢で生まれたものは自在に操《あやつ》れるらしい。

だが、ケウドがガードウルフを倒した王族だとわかっていないあたり、夢の情報を完全に把《は》握《あく》しているというわけではなさそうだ。

「どうやら我が友への恐怖で錯乱《さくらん》して記憶を捏造《ねつぞう》したようだな。学院での悪評は聞いていたが、やはりもう一人のスフィア・ユニオールの方が主犯か……だがなぜ奴が王宮の呪縛を手に入れている？」

そう呟《つぶや》いた言葉にケウドの心臓がドクンと動いた。

ケウドが悶絶している間にすぐ降りて来なかったのは、もしかするとウォンゲムが夢幻世界のガードウルフから死亡した当時の状況を聞き出していたからなのかもしれない。スフィアが呪縛者であることまで知られていた。

このままケウドが死ねば、間違いなく次の標的はスフィアへと移るだろう。

（それだけは……絶対にダメだ）

あの劇場の外で見せたスフィアの変顔を、エドモンドは今でも覚えている。

その両目と口の端を指で引っ張った顔はとても可憐《かれん》な少女がするものではなく、恥《はじ》だと顔を真っ赤にして死にたくなるのも無理はなかった。

それでも、エドモンドはそんな彼女の滑稽《こっけい》な姿に救われた。

どれだけ時が経《た》とうと、彼女に絶望の淵《ふち》から救われた時の光景は色褪せていない。

呪縛の効力を生かすために王族の地位にこだわらず、平民として道化のように振る舞って医療機関に貢献《こうけん》することも、彼女のおかげで思いついた。

王妃《おうひ》の命はもちろん、エドモンドが今も笑えているのも、医療機関で多くの命を救えたのも、すべてスフィアがきっかけだ。エドモンドにとって彼女は本当に多くの命の恩人で、理想の存在なのである。

（それなのに私は……彼女に不幸しかもたらしていない……）

唇《くちびる》を強く噛《か》みしめる。

七年前の『ナイトメア・パーティー』が起きた日。

エドモンドは高熱で倒れて、結果的にカストディを王宮に留めてしまっていた。

当時はしばらく意識が朦朧《もうろう》としていてその事件の詳細《しょうさい》を知らなかったが、スフィアと出会った後にそのことに気づいて以来、ずっとエドモンドは気に病《や》んでいる。

魔術師として並外れた実力者であるカストディが誕生会に出席できていれば、あのような惨劇《さんげき》は防げたかもしれない。

カストディには「殿下のせいではございません。私がいても余計な犠牲《ぎせい》が増えたでしょう」とフォローされたが、それでもエドモンドの気は晴れなかった。

しかも宝物庫《ほうもつこ》の呪縛書のことを進言したのがきっかけで、カストディは重罪を犯し、スフィアは呪縛者になる始末。

不幸の遠因が二度も重なれば、流石に責任を重く感じずにはいられない。

凄惨《せいさん》な悲劇で狂わされた過去と、これから先も呪縛で歪《ゆが》められ続けるスフィアの未来を思うだけで、エドモンドは罪悪感で押しつぶされそうになった。

だからこそ、エドモンドはスフィアをなんとしても幸せにしたいと思った。

自分が救われた恩を返すべく、充実した生活を送れるように学院で彼女を全面的にサポートする気でいたのである。

しかし、それもなにもうまくいかない。

呪縛のせいでスフィアは周囲から遠ざけられ、いや、ほぼ嫌われ、森《そこ》では呪縛書を狙う強敵に襲われ、命を落としかねなかった。友人の紹介も満足にできず機嫌を損ねるばかりで、それどころか近くにいながら不用意な発言でまさかの全身複雑骨折。最近など学院生活を放棄《ほうき》する寸前だった。

　幸せにするどころか、不幸に見舞われすぎている。

　——アンタのせいでしょうが。

　……何度この台詞《せりふ》を彼女から聞いただろう。

　どんな暴言も受け流せても、この言葉だけは呪いのように胸に強く突き刺さった。

　自分だけは信頼できる友人であり続けようと積極的に接していたが、結局それは余計なお世話で、迷惑で、自分は……呪縛よりも厄介《やっかい》な疎《うと》ましい存在でしかなかったのかもしれない。

　そう考えるだけで胸が張り裂けそうだった。

　どれだけ罵倒《ばとう》されても、エドモンドが学院で一番近くにいたかったのはスフィアだったのだ。

（それでも……）

　今は疎ましい存在であってほしいと、そう思っている。

　たとえこれから無様に死ぬのだとしても、夢の泡沫《ほうまつ》のように自分の存在が彼女から滑稽に消えるのだとしても、

　——それで彼女が今よりも笑えるのなら……なにも、迷いはない。

　ケウドは折れた両足に力を入れて強引に立ち上がる。

　身を裂くような激痛も今は決意が勝った。今にも叫び散らしたくなるのを堪《こら》えて、ふらふらになりながらもウォンゲムに向けて高らかに笑う。

「おいおい……ガードウルフを倒したのは本当に俺だぜ。俺だよ俺。平民でありながら魔法学

院に入学した天才であるこの俺、ケウド・フラガーだよ」

そう強引に笑みを見せつけるケウドにウォンゲムはますます苛立ちを募らせていた。

「くたばり損《ぞこ》ないが黙っていろ。歪んだ認知から生まれて来る情報などあまり参考にならんが、ボロ雑巾《ぞうきん》のように情報を絞り出した後に処分してやる」

「ゴフッ……残念、もう絞ってるぜ」

そうケウドが吐血《とけつ》したのを見て、ウォンゲムは驚愕《きょうがく》で目を見開いていた。

ケウドの負傷がなぜかさらに酷くなっている。ウォンゲムでさえも傷つけた覚えのない箇所から出血が広がり、無事だったケウドの右目からも血がこぼれていた。

「き、貴様、何をしている……？」

流石にウォンゲムも動揺していた。それも当然、突然致死量に近い出血を理由もなくされたら誰でも困惑《こんわく》するだろう。

悪態《あくたい》強化の悪態を自分で殴って強引に抑えつけられるように、逆転道化も呪いに抗《あらが》って制限されようとする力を強引に発揮することはできるのだ。

だが、呪いの摂理《せつり》に逆らえば当然その代償は重い。

身体の負担は悪態強化の呪縛とは比にならない。呪縛で蝕まれた全身に強引に魔力を通しているせいで身体中が悲鳴を挙げている。もはや立っていることすら奇跡だ。

「セット……」

それでもケウドは右腕に全神経を集中させて、ストックの杖に魔法を込める。

そして、強い覚悟を秘めた眼光でウォンゲムを睨みつけた。

「あいつが笑うのに……俺もお前も邪魔だ……！　王族の恥さらしはここで死ね……！」

「貴様ッ！」

そう激昂《げっこう》したウォンゲムが杖を構える。

どれだけ命を懸《か》けたところで、ストックの杖に込められる魔力には限界がある。真っ向から放つだけでは簡単に防がれてしまうだろう。

だからケウドはそのストックの杖を放り投げた。

「なにっ！」

突然の奇行にウォンゲムも一瞬動きが止まり、虚空《こくう》を舞う杖に目を奪われていた。

その隙にケウドはローブの内側から新たなストックの杖を取り出し、最後の保管された魔法を唱える。

三階の窓から地面に身体を叩きつけても、スフィアの仇を仕留《しと》めるために唱えなかったあの魔法を。

【ワーフワーフ！】

瞬間、ケウドのローブから八本のストックの杖が宙を舞った。

「なっ……」

ウォンゲムが驚く間もなく、八本の杖はケウドが放り投げた杖に混ざり、攪乱《かくらん》するように一気に広がってウォンゲムの頭上、側面、背後と杖がそれぞれ展開していく。

【フレクトリ・ショット！】

そしてケウドが叫んだ瞬間、背後に浮いていた杖が爆発し、死角からウォンゲムに向けて巨大な黒い魔弾が発射された。

完全に不意をついた一撃。

直撃すれば致命傷は免《まぬが》れないだろう。

だが、文字通り腐っても流石は魔王軍幹部か。魔弾が発射された瞬間、ウォンゲムは背後の魔気を感じ取って盾《たて》の魔法を張っていた。

「そんな子供騙《だま》しに！【ベーカシウド！】」

ウォンゲムの背後に巨大な黒壁がそそり立つ。頑強な壁の盾を張る魔法で、ストックの杖の限界量で発射した魔弾程度ではびくともしない。

しかし、最初からケウドは初手で魔弾を当てる気はなかった。現に放った魔弾は壁の脇をかすめて迂回《うかい》し、別の宙に浮いた杖の元に向かっている。

「しまっ……」

ウォンゲムも瞬時に狙いに気づいたようだが、もう遅い。

【フレクトリ・ショット】はストックの杖専用の魔法。

その魔弾はストックの杖に直撃すると保管と射出の機能を発動させ、跳弾《ちょうだん》のように跳《は》ね返る。ケウドが治癒魔法を空打ちしたのも、魔弾の保管スペースを空《あ》けるためだった。

そして既にケウドは【ワーフワーフ】で残る杖を移動させ、着弾までのルートを完成させている。ケウドは血を吐きながらも杖を振るった。

「導け……ッ！　地獄まで……！」

そして、勢いよく魔弾が杖から杖へと反射し、宙に浮いたすべての杖が爆発した時、ウォンゲムの頭上から発射された巨大な魔弾が彼の上半身を吹き飛ばしていた。


ウォンゲムがそのまま力なく仰向《あおむ》けに倒れるのを見て、ケウドは地面に崩れ落ちて虫の息になりながらも、唯一《ゆいいつ》動かせる右腕の拳《こぶし》を強く握った。

「やっ、た……」

夢幻世界のガードウルフの存在が消されていなかったら、まず当たることはない一撃だった。状況に助けられたのだ。

だが、あくまで上半身を吹き飛ばしただけ。

ただの人間であれば絶命するだろうが……相手はそうではない。

「……学生にしては見事な一撃だった。もっとも、ガードウルフであれば片手で弾《はじ》けるがな」

その平然とした声音《こわね》にケウドの表情が一気に引きつっていく。

いつのまに立ち上がったのか、目の前には顔の上半分が損壊《そんかい》したウォンゲムが済ました顔でケウドを見下ろしていた。

「なん、で……」

「我を普通のアンデットと一緒にしてもらっては困る。全身が灰《はい》にでもならない限り、我の身体は無限に再生する。全方位に盾を張れば簡単に防げたが、実力差を見せつけるためにわざと食らってやったのだ。あのような攻撃など、二度と食らうことはない。貴様の努力はすべて無駄だ。無意味なのだよ」

　ウォンゲムの半壊した顔がみるみるうちに元に戻っていくのを見て、ケウドは言葉を失った。元より魔王軍幹部は呪縛の効果を最大限に発揮してようやく倒せた相手。それを呪縛に足を引っ張られたまま勝てる道理などなかったのだ。

　這《は》いつくばるだけのケウドの姿を見て、ウォンゲムは退屈そうに息を漏《も》らした。

「つまらん。どうやら貴様は本当にただの同行していただけの目撃者だったらしいな。興《きょう》が削《そ》がれたが……貴様は確かにガードウルフを殺した人物を知っているはずだ。その呪縛者の名前を言え。吐かぬのなら……現実世界で二度とまともな生活を送れなくなる」

　そうウォンゲムが失笑した瞬間、ケウドは額に右手を当てて魔弾の魔法で自決しようとした。たいして笑われていないため、呪縛の効力は低いが頭を貫くだけの威力《いりょく》はある。

「ガッ……ぁ……」

　だが、実行に移す前にウォンゲムに魔弾で腕を折られていた。

「まったく浅はかだ。自決など許すわけないだろう」

「俺が自決したら……この夢が壊れてお前も死ぬからか？」

　ケウドが息を荒くしながらそう睨むと、感心したようにウォンゲムが見下ろした。

「ほう、意外と着眼点が良いのだな。確かにここは貴様の夢で構築されている以上、貴様が死ねばこの世界も崩壊《ほうかい》する。だが別の夢に私が移動できるくらいの時間は……ん？　貴様、その腕はなんだ！」

ウォンゲムがケウドのローブの袖《そで》を捲《まく》ると、腕に赤い文章が刻まれていて絶句する。逃げている間に治癒魔法で上手《うま》いとこ傷を部分的に治して、メッセージを作っていたのだ。

「傷は現実に反映されるんだろ？　流石はアンデット。墓穴《ぼけつ》を掘るのがご上手なようで」

「き、貴様……！　だから無駄な足掻《あが》きを……」

「死人のくせに長話がすぎるんだよ。黙って口を……閉ざしてろ」

「貴様あああぁ！」

殺意を全開にしたウォンゲムの声が響く。ケウドは現実で腕の情報をしっかり確認してくれていることを祈りながら、まぶたを固く閉じた。

ケウドの腕の傷から急に文章がびっしりと現れて、保健室にいた一同は驚いていた。

それには夢幻世界の情報ができる限り記されていたが、しばらくした後に突然腕が業火《ごうか》に焼かれたように焦げて文字が消されてしまった。

「で、殿下！　殿下ッ！」

シャムエルがパニックになって悲鳴を上げる。もうケウドの負傷は見るに堪《た》えないぐらい酷いものだったが、メッセージの報復とばかりにさらに全身が傷つけられていたのだ。

「まずいな、このままでは……こちらからの治癒魔法を受けつけない以上、助かる見込みがない」

クレメディ養護教諭に淡々《たんたん》とまずい現状を告げられ、シャムエルは取り乱したようにケウドに寄り添っている。そんな中でスフィアはケウドの腕の傷を見ながら考え込んでいた。

「……本当に夢を完全に支配できるなら、こんな傷のメッセージなんて残させない。慌てこんな雑に燃やしたのは不都合だからだと証明してるわ。つまり夢を見ている本人の近くは敵の呪縛の干渉が薄いのよ。そこにつけいる隙はあるわ」

スフィアは術式の書かれた紙を手に取る。

「夢に現れたガードウルフの姿に反応してやって来るなら、私もガードウルフの夢を見れば、ウォンゲムは私の夢に侵入して来るはずよ。夢幻牢獄が複数の夢に干渉できないなら、ウォンゲムがケウドの夢から出ていけば、呪縛の干渉から外れて現実世界でも治療ができるはずだわ」

「それです！　その術式の書かれた紙をください！　私もガードウルフの夢を……」

一縷《いちる》の望みが生まれてシャムエルの表情に覇気《はき》が戻っていたが、スフィアは首を振る。

「夢は記憶が元になるものよ。あの獣人の姿を知らないアンタには見れないわ」

「そ、そんな……」

「別にアンタなんて必要ないでしょ。私の夢にウォンゲムをおびき寄せれば済む話だし」

「そ、それで貴方はどうするんですか。ウォンゲムに夢の中に入られたらもう今の殿下みたいに誰にも助けられないのですよ？」

「問題ないわ。あの無能と違って私は有能だから。あっさり倒すから助けなんて必要ない」

スフィアがそう言い放つと、シャムエルは渋面《じゅうめん》を作った。

「……いけません。殿下の腕の情報からして、私にも勝てない貴方が行ったところで間違いなく死亡します。許可できません」

そこでシャムエルに止められるとは思わず、スフィアはきょとんと眼《め》を丸くした。

「驚いた。まさかアンタが私を心配して止めるなんてね」

「私は別に貴方が死のうがどうでもいいですが、殿下がお望みになりません。殿下の腕の言葉にも貴方を巻き込まないよう書かれてありました。だから……」

相変わらず余計なお世話がすぎると、スフィアはため息を吐いた。

「私がアイツの言うことを聞くわけないじゃない。私の意思が最優先よ」

そうケウドの隣で術式の紙を見ながら寝っ転がるスフィアに、シャムエルは本当にわからないとばかりに神妙な顔で尋《たず》ねていた。

「どうして貴方はそこまで……仮にウォンゲムを誘《おび》き寄せられたとしても、殺されるとわかっているのに。……復讐のためですか？」

「そう、と言いたいけどあいにく両親の顔すら覚えてない私に、そこまでの復讐心はないわ」

「なら……王命で殿下を護衛するように頼まれたからですか？」

「バーカ。夢の中まで護衛しろとかふざけんじゃないわよ。こっちから願い下げよ」

「ではなぜ……」

「そんなの決まってるじゃない」

悪態強化の呪いでも、スフィアの言葉は揺るがせなかった。

「私の初めての友達だから。それを今から証明しに行くの」

だから、彼女は初めて自分の意思で少年のもとに向かうのだ。


「ここは……？」

目が覚めると、スフィアは色褪せた森の中にいた。

一瞬、自分がなぜこんなところにいるのかわからなかったが、そんな疑問もすぐ放り出された。

「まんまと俺が呼び出したゴーレムの呪気に引っかかったなあ。テメエ、呪縛者だろ？」

その嫌悪感のわく声がした方を見ると、嫌でも見覚えがある狼《おおかみ》の獣人がニヤついてそこに立っていたのである。

どうやら既に迷彩結界が張られているらしく、あらゆる背景に彩《いろど》りがない。

「が、ガードウルフ……！」

「どうした？　俺の恐ろしさに参って声も出なくなったか？　そいつは悪いことをした。まあ結局最後には声が出なくなるんだがな！」

「こんの……！」

ガードウルフの右腕に炎が唸《うな》るように集まっていくのを見て、スフィアは杖を構えて迎撃《げいげき》しようとした時だった。

「待て、ガードウルフよ」

ガードウルフの背後から闇の渦が出現し、その中から毅然《きぜん》とした表情を浮かべた金髪の少年が現れたのは。

いつのまにか胡乱だったスフィアの思考や感覚がクリアになっており、目が冴《さ》えている。そこで、スフィアは思い出した。

「そうだ……私は術式を見て……」

「どうやらとうとう出会えたようだな。憎《にく》き仇敵《きゅうてき》よ」

「ウォンゲム……！」

スフィアは相対する目の前の男を睨みつける。しかし、ウォンゲムも同じように忌々《いまいま》しげに彼女を睨みつけていた。

「そう、我こそが夢幻王ウォンゲムだ。待ち望んでいたぞ、この時を。やはり、実力者は風格からして違うな。先の哀《あわ》れな道化とは大違いだ」

「やっぱりアンタがケウドを……！」

「ああ、連れて来たぞ。我の呪縛の効果で入り込める夢は一つだけなのでな。最期《さいご》の死に目に会わせてやる」

そうウォンゲムが指を差した方を見ると、スフィアから数メートル離れた下草の上に、放り出されたようにケウドが転がっていた。

「ケウド！」

スフィアは駆け寄って思わず絶句した。保健室で見た時よりも負傷が激しく、もはや人として生きているのが不思議なくらいに全身に酷い火傷を負っていたのだ。

「……アンタがやったの？」

スフィアの睨みつぶすような視線も意に介《かい》さず、ウォンゲムは感慨《かんがい》もなく告げた。

「全身を燃やし、両目と両腕と両足を潰《つぶ》した。もうまともに機能することもない。殺さぬように傷つけるのに苦労したが、良い出来映《できば》えだろう。夢から覚めても生き地獄が……」

「黙れ」

瞬間、ウォンゲムは押し黙った。

別にその強いだけの言葉に気圧《けお》されたわけではない。

スフィアから唐突《とうとつ》に溢《あふ》れ出た膨大な黒い魔力に言葉を失ったのだ。

『悪態強化』の呪縛は嫌悪感を持つ相手に対してはさらに力が強くなる。そして、今のスフィアは過去最大に嫌悪感を抱いていた。

バラの棘《とげ》などもはや優しい。その鋭い眼光はウォンゲムを間違いなく殺意で突き刺した。

「体も心も腐った生《なま》ゴミが……焼き殺してまともなゴミにしてやる」

「はッ、ならテメエが燃えなッ！　【ウル・フレア！】」

ガードウルフが高らかに放った炎狼の魔弾が、大地を駆けてスフィアを目がけて襲《おそ》ってくる。

普段のスフィアであればその強烈な炎をどう防ぐか考えるが、今のスフィアにはそんな守りの考えなど微塵もない。真っ向から杖を構えた。

【ハイルフレア！】

「なっ……」

ガードウルフの驚きは一瞬、

【ウル・フレア】を遥《はる》かに凌駕するスフィアの【ハイルフレア】が炸裂《さくれつ》したのだ。

スフィアの炎は一瞬でガードウルフのもとに到達し、かつてケウドが森で放った炎のように、夢幻世界のガードウルフを跡形もなく焼却した。瞬殺である。迷彩結界も解けていく。

「なっ……なっ……」

流石にウォンゲムも目の前の光景が信じられなかったのだろう。

最愛の友が一瞬で葬り去られた事実が受け入れられずに、呆然《ぼうぜん》と立ち尽くしていた。

それを無視してスフィアはケウドに杖を振るった瞬間、今度はケウドの身体が異常な速度で回復していき、一瞬で火傷の跡が消えて目を覚ましていた。

「う……ぅ……スフィア……？　な、なんでここに……！」

そうケウドが驚いたように目を見開いていたが、ウォンゲムはもはや表情が引きつってそのまま引きちぎれそうになっていた。

「ば、バカな……」

デタラメにもほどがある。

スフィアは完全治癒魔法である【パーフェクト・ヒール】を自己流の略式詠唱《えいしょう》で唱えたのだ。挟《はさ》むべきいくつもの必要な工程を魔力量の暴力で解決してしまっている。

「テメエは死ね！　【ハイルフレア！　フレア！　フレア！　フレア！　フレアアアアッ！】」

そして、激昂したスフィアはウォンゲムに向けて容赦なく魔法を乱発し始めた。

もはやその強さは鬼神《きじん》のごとし。誰にもスフィアは止められない。

しかし、それが正しいとは限らない。

信じられないだろうが先のガードウルフに勝てたのは本当にまぐれである。

現に杖と詠唱ありにもかかわらずあらぬ方向にスフィアの炎の魔法は飛んでいた。ウォンゲムの脇を通り過ぎるならまだしも、はるか頭上や後方に発射されるのを見て、ケウドは恐怖を覚えていた。

「お、落ち着け！　雑だ！　当たってない！　やめて！　俺も死ぬ！」

どうやらスフィアの異常な力は覚醒《かくせい》というよりは暴走に近かったらしい。

すべてが雑。放つ炎もそうだが、ケウドにかけた治癒魔法ですらまともにかかっていない。

現に見かけは治っているが、相変わらず激痛が全身に走り、ケウドの左腕と右足と左目は機能していなかった。不完全治癒魔法だ。

雑でも威力だけは凄《すさ》まじいからタチが悪い。

スフィアが放った炎が通った場所は、草木を一瞬で燃やし尽くし、炎上する前に灰燼《かいじん》に帰していた。

もはや放火魔を超えた葬火魔《そうかま》。いつ誰が死んでもおかしくない状況にウォンゲムも乾いた笑いを浮かべている。

「は、ははは。どこを狙って……」

【ランスロット・レジル！】

「「な……うぎゃあああっ！」」

雑なら更《さら》に雑。当たらないのなら数の暴力。

全員死ねとばかりに、槍《やり》の形をしたスフィアの魔弾が散弾のように数十と拡散し、四方八方に飛んだその内の一つがウォンゲムの右腕を弾き飛ばした。

「お、おのれ……よくも私の右腕をぉ……」

激痛にウォンゲムは悶《もだ》えているがこちらも化け物。治癒魔法を必要とせずにすぐさま右腕を再生させて元通りにしていた。

しかして、結果的に被害が大きくなったのはスフィアたちの方だった。暴発したスフィアの魔弾は彼女のこめかみをかすり、ケウドの足にも直撃していたのである。

「ぐ、う……ッ」

「け、ケウド……」

スフィアは頭から血をダラダラ流しながら、うずくまっているケウドを呆然と見下ろしていた。運悪くケウドの無事だった左足を引き裂いており、もはや立ち上がることは不可能だろう。

それでもケウドは唯一動く右腕で出血を抑えながら、心配させないようにスフィアに笑みを見せていた。

「大丈夫だ……俺のことはいいから、目の前の敵に集中してくれ……」

「よくもケウドをぉ！　【フレアー！　フレアフレアフレアフレアフレアフレアフレアァ！】」

「スフィアさん……」

聞く耳すら持たれずケウドは目を閉じて涙を流していたが、そんな雀《すずめ》の涙で怒りを鎮火《ちんか》できるわけもない。激昂したスフィアはただただ炎を乱射している。

過去の悪態強化の呪縛者が幽閉《ゆうへい》か処刑される事情がまさに目の前にあった。

とにかく規模が違う。

才能あるスフィアだからこそ今まで抑えられていた方だったが、通常の呪縛の影響下であれば殺意を抱けば即座に実行に移し、時には我を忘れて周囲の被害を度外視した魔法を乱発する。

現実でこのような暴走が起きれば、死者がどれだけ出るかわからない。国王がこの光景を見れば制御不能と捉《とら》えられ、スフィアの明日は檻《おり》の中か存在しないだろう。

あまりのとばっちりにウォンゲムもたまらず怒鳴る。

「ふ、ふざけるな！　それは貴様がやったんだろうが！　うぐぅっ！」

今度はウォンゲムの右足が弾き飛ばされるが、またすぐさま再生するのを見て、スフィアは舌打《したう》ちした。

「チッ、やっぱりさっきの獣人のように塵《ちり》一つ残らず火葬しないとダメか……」

「貴様……！　よくもガードウルフを……」

「は？　怒る境遇にあるのは私なんだけど。現実でとっくに燃えカスになった夢のお人形一つ燃やされたぐらいでなんでキレてんのよ。バカじゃないの？」

「貴様ああああああぁッ！」

「だからテメエがキレてんじゃねえええええぇッ！」

互いに怒りの咆哮《ほうこう》を轟《とどろ》かせて、またスフィアは炎の魔弾を連発する。

しかし、今度はウォンゲムも臆《おく》することはなかった。

「馬鹿《ばか》の一つ覚えがッ！　ガードウルフ！」

そう叫んだ瞬間、虚空からガードウルフが出現し、ウォンゲムを抱きかかえてスフィアの放った炎を軽く躱《かわ》していた。

「悪い、ちょっと油断しちまった。次は……容赦なく徹底的に本気で殺す」

幻想世界のガードウルフが凄まじい殺気を出して【ウル・フレア】の魔法を放つ。スフィアもまた【ハイルフレア】で応戦するが、今度の炎はスフィアの方が押し負けた。

「な……！」

スフィアは唖然《あぜん》とした。

瞬殺できるほど圧倒的な差があった実力が、ここに来て逆転していた。

【ハイルシウド！】

咄嗟《とっさ》に盾の魔法を張ってなんとかスフィアは防いだが、その際に炎が逸《そ》れてケウドのもとへと襲っていた。

「う、ぎゃあああ！」

「け、ケウド！」

慌ててスフィアは炎に包まれたケウドを水の魔法で消火し、治癒魔法でまた治そうとするが、今度は一瞬で治ることはなく最低限の治療しかできない。

「な、なんで……？」

そう動揺するスフィアを見て、我に返ったウォンゲムがつまらなそうに分析《ぶんせき》していた。

「……なるほど。なぜ急激に弱くなったかと思えば……貴様の呪縛の効力は感情の増減で変わるようだな。おそらく怒りや憎悪《ぞうお》などの感情が力の元なのだろうが、爆発した感情のピークは常《つね》に一瞬だ。短い全盛期だったな」

確かにケウドを治療し、ウォンゲムの腕を弾き飛ばした後でスフィアが同等の嫌悪感を持てるはずがなかった。しかもケウドの負った傷が自分の責任であることが足を引っ張って、嫌悪感が紛《まぎ》れてしまっている。

「はっはっは、どうしたどうした。さっきの勢いはよぉ！」

「くっ……」

ガードウルフがまた放った炎をスフィアは水の盾の魔法で防ぐ。だがそれは炎を乱発して熱くなっていたスフィアの思考に冷や水を浴びせて、嫌悪感がさらに弱まってしまった。

【ハイル・シー……】

「遅《おせ》え」

さらに盾の魔法を展開する前に横合いから飛び込んで来たガードウルフが、爪《つめ》でスフィアの脇腹を抉り取った。

「ガッ……は……」

地面にスフィアが転がっていく。

そして、脇腹から血を垂れ流して倒れている彼女を見て、ウォンゲムが嘆息《たんそく》していた。

「……終わりか。ずいぶんと呆気《あっけ》ない幕引きだ」

数分前のスフィアであれば、すぐに嚙みつく勢いで反撃に出ていただろうが、出血とともに血の気も引いた今、そんな気力も呪縛の効果もない。

(勝て、ない……)

ガードウルフを一度でも倒せたのが奇跡なのに、それが簡単に蘇《よみがえ》るのだから絶望しかない。

大本のウォンゲムを優先して倒そうにも、死体のくせに無駄に生命力がある上、ガードウルフにかばうように戦われては、もはやスフィアにはどうすればいいのかわからなかった。

「だが、認めたくはないが我が友の敗北に納得はした。他の高位の魔法を使う気配がないのを見るに、やはりガードウルフは貴様の前でずいぶんと遊んでいたようだな。『気炎万焼《ばんしょう》』の呪縛の影響があるとはいえ炎系統の魔法しか使わんとは……学生相手だと侮《あなど》りすぎだ」

しかし、半《なか》ば呆れたように呟いたウォンゲムの言葉を聞いて、スフィアは目を見開いた。

(私の前では遊んでいた……!? なら……)

本来のガードウルフはもっと強いという屈辱《くつじょく》的な事実が、逆に今のスフィアに閃《ひらめ》きを与えた。

(そうです……私にもあります。誰にも見せたことがない、とっておきの高位の魔法が……!)

この魔法が成立すれば、あらゆるものを無に帰し世界に破滅をもたらすだろう。

劣勢もまちがいなく一気に覆る。呪縛の影響を生かせばウォンゲムもまず対処できないに違いない。

（でも、それは……）

あまりにも博打《ばくち》がすぎる。失敗すればまちがいなく全てを失う。

身体にかかる代償が大きく、ウォンゲムを倒す前にスフィアの身が破滅するかもしれない。

魔法に耐えきれず精神に支障をきたすかもしれない。元の自分に……戻れなくなるかもしれない。

（だけど……戻らなくてはいけません）

悪夢を終わらせて彼を帰す。

そう誓ったからこそ、スフィアはこの死地に訪れた。

ならば、突き進むしかない。その先に誰も笑えない破滅の未来しか待ってなかったとしても。

「ハア……ハア……ッ」

息も絶え絶えにスフィアが立ち上がる。

しかし、腹部の出血からしてろくに動くことも叶《かな》わないだろう。肉体を再生できない身体を
ウォンゲムは憐《あわ》れんでいた。

「まだ立ち上がれることには感心するが……我はガードウルフのように余計に戦いを長引かせる真似《まね》はせん。さあ、今こそ無念を晴らす時だ我が友よ。盛大に葬るといい」

「もうちょっといたぶってやりてえんだが……仕方ねえか。【ウル・フレア！】」

ガードウルフが手のひらから炎の狼を放つ。

風前の灯火を飲み込むような業火の獣《けもの》。

直撃すればまちがいなくスフィアはその炎の牙《きば》に巻き込まれて命を散らしていただろうが、実際は逆だった。

スフィアが杖を軽く一振りしただけで、炎の狼は魔法の形状を忘れたように崩れていた。

「な、何……?」

思わずウォンゲムは目を疑っていた。

強力な【ウル・フレア】の魔法がこうも簡単に防がれたのもそうだが、スフィアがどんな魔法を使って対処したのか彼にはまったく見当もつかなかったのだ。

スフィアの前で炎は左右に分かれて霧散《むさん》していく。幕引きにするために放ったはずの炎が、まるで舞台の幕をこれから開くように。

「……できた……できたようね。できちゃったようね。最高に最悪な悪夢のような魔法が!だって私、天才だもの！　フフフフフ、アハハハハハハッハハハハッ！」

そして動揺するウォンゲムを見て少女は嬉しそうに、勝利を確信したように邪悪な笑みをこぼしていた。

「キャハハハハハハハハハハハハッ！　ウケケ

ケケケッ！」

異様な光景、としか言いようがない。

急に叫ぶようにケタケタと笑い出したスフィアにウォンゲムは絶句し、ケウドも異常な空気に飲み込まれるように呆然と息を呑んでいる。確かに彼女の笑顔を望んでいたが、こんな気味の悪い笑みなど望むわけがない。

しかもあろうことか、スフィアは暴発した魔弾で抉られた側頭部を気持ちよさそうに爪で掻《か》きむしっていた。

どうやら本当におかしくなってしまったらしい。頭の肉が削《そ》ぎ落ちているのを見て、ケウドは耐えきれなくなったように嘆いた。

「スフィア……お前、とうとう頭が……」

「るっせえッ！」

瞬間、スフィアがキッと睨みつけたかと思うと、ケウドに向けて乱雑に魔弾を放っていた。倒れたまま動けないでいたケウドに避《よ》ける術《すべ》はなく、容赦なく直撃して吹き飛ばされる。

そして、地面に二度ほど強く叩きつけられ、そのままケウドはピクリとも動かなくなった。

「き、貴様……何をしている……！」

そのあまりの凶行に流石のウォンゲムも驚愕に顔を強張《こわば》らせている。

あれだけ仲間を傷つけられて怒っていたのが、一転して平気で傷つけてへらへらと笑っているのだから正気の沙汰《さた》ではない。

「なにってうるさいから殺しただけじゃない。見てわかんない？」

「なっ……」

そう当然のように首を傾《かし》げられて、ウォンゲムは唖然とした。

「フフフッ、人殺しも案外楽しいわね。この夢から覚めたら手始めにヴェルヘミアの国民でも皆殺しにしようかしら。いひひひひっ、アンタたちの殺戮《さつりく》がちっぽけに思えるほど虐殺したくなってきたわ！」

面白《おもしろ》そうに口端を吊り上げて笑うスフィアに、もはやウォンゲムは完全に気味悪がっていた。

「な、なんなんだこいつは……ガードウルフ！　そのふざけた女の首を刎《は》ねてしまえ！」

「おうよ！」

もはや喋らせたくないとばかりにウォンゲムが命じて、ガードウルフが凄まじい速度でスフィアのもとに肉薄して爪を振りかざす。

今までとは違い加減も遊びもなく命を摘《つ》み取ろうとしていたが、スフィアがまた杖を振るった瞬間に、今度はガードウルフの姿が跡形もなく消えていた。

「な、なに……？」

「なにを驚いているのかしら？」

「が、ガードウルフ！　ガードウルフ！　なぜ蘇《よみがえ》らん！」

ウォンゲムは必死にガードウルフの蘇生《そせい》を試《こころ》みるが、なぜか今はできない。その様子にスフイアは本当に愉快《ゆかい》そうに口元を歪めていた。

「呪縛の力を完全に支配できていないからでしょ。呪縛書が泣いてるわね。こんな使いこなせもしないザコが呪縛者なんだから」

「な、なんだと……」

ウォンゲムの表情が強張る。

呪縛を使いこなせずに魔弾を無差別に乱射した挙げ句、相方《あいかた》を泣かした者にだけは流石に言われたくない。

「ふざけるな！　我は夢幻王。この夢幻世界のおいて唯一無二《むに》の存在にして最強だ！　貴様が我に敵《かな》う道理などありはしない！」

ウォンゲムが背景を操《あやつ》り、周囲の森の枝が刃《やいば》のように、葉が弾丸のようにスフィアを襲う。

スフィアの拡散した魔弾など比べるもおこがましい数の暴力。

悪態強化の呪縛の力がピークでも防げたか怪《あや》しい規模の攻撃だったが、

「邪魔よ」

スフィアの魔法の規模はさらに桁違《けたちが》いだった。

呆れたように額に手を当てたスフィアが杖を軽く一振りしただけで、襲って来た枝葉だけに留まらず、周囲の木々がすべて消滅した。広大な森はもうどこにも存在しない。周囲には荒れた一面の草原だけが広がっている。

「あ、あぁ……」

流石に理解が及ばない光景だったのだろう。

度重《たびかさ》なる炎の乱発による自然破壊に留まらず、なにをどう間違えればこんな森だけなくなる自然消滅に至るのか。もはや誰にもわからない。

「良い夢は見れたかしら？　私が本気出せばこんなものよ」

「ありえない……ありえないありえないありえないありえないぃ！」

自負していた最強の座がこうもあっさり覆ろうとしている現状に、ウォンゲムは完全に錯乱していた。それを見て、スフィアはこれ見よがしにため息を吐く。

「はあ、夢幻王とか寝言ぬかすだけあるわね。王様どころか無様よアンタ。夢の中でも現実逃避とか恥《は》ずかしくないの？　ほらほらぁ、負け犬は負け犬らしくキャンキャン吠《ほ》えるだけじゃなくて、尻尾《しっぽ》巻いて夢からも逃げなさいよ。私より、はるかに、弱いんだから」

「こ、この……誰が逃げるものか！　我は必ずガードウルフの仇《かたき》を……！」

「ガードウルフ？　誰それ？」

そうこてんと首を傾げられて、ウォンゲムの表情が一気に激怒に染まった。

「き、貴様ああああああああああぁ！」

「キャハハハハハハハハハハハハハハッ！」

激昂と笑い声。

これが最後の激突になる。

「【ハイルフレ……ぐっ……！」

しかし、スフィアは業火の魔法で葬ろうとしたところで、激しい頭痛に襲われ怯《ひる》んでいた。

一瞬の隙が致命的な隙。

形勢は逆転した。ウォンゲムは高らかに笑い、体勢が崩れたスフィアを魔法で殺害しようとする。

「馬鹿がぁッ！　死ねえッ！」

だが、ウォンゲムは気づいていなかった。

その笑った一瞬の隙も自分の致命的な隙になると。

「ガッ……ハッ……！」

それはまるで裁きの雷《いかずち》。ウォンゲムの頭上から槍の弾丸が急転直下のごとく数発、空から降り注いで彼の身体を貫いたのだ。

「な、なにが……」

ウォンゲムは口から血の塊《かたまり》をこぼしながら困惑する。

スフィアは魔法を唱えていない。また【ランスロット・レジル】のような大型の魔法を唱えていれば、ウォンゲムも流石に気づく。感じた魔気の一瞬の流れは本当に空から急に降って来るようだったのだ。

そこでウォンゲムは遠くから自分を突き刺す怜悧《れいり》な視線に気づき、戦慄した。

無様に魔弾で吹き飛ばされて死んだはずのケウドが、凍《い》てついた表情で倒れたまま杖をウォンゲムに向けていたのである。

（し……死んだ演技……だと……？）

そう不意に突きつけられた事実をウォンゲムは素直に受け止められなかった。

なにせスフィアがケウドに放った魔弾は、まるで王族相手でもいっさい抵抗がないように自然だったのだ。

そもそもその前の【ランスロット・レジル】の魔弾で実際にケウドの足を貫いておいて、今度の魔弾は加減したものだと疑われるわけがない。

（いや、まさか、あの暴発した時には既に……!?）

そう、ケウドはスフィアの魔弾が暴発した時、道化のように激痛に悶える姿を見せながらも、実際は冷静に上空に飛んだ魔弾を目で追って、【ワーフワーフ】で制御して静止した状態にしていたのだ。動いてない物には魔気はろくに感じられない。

ウォンゲムがスフィアに意識を集中してケウドの扱いを重視しなくなり、呪縛はケウドに味方するようになったのである。

下に見ている相手に上など見ない。

だから、上回れる。

相手にされない道化はこの場において誰よりも相手にしなくてはならない。真に勝利を目指すのなら、いかなる理由があろうとあの道化の前では笑えないのだ。

道化の立場は今、さらに逆転した。

二度と食らわないと豪語してまた頭上から魔弾が直撃した今、この場において一番の道化が誰なのかもはや言うまでもない。

　態勢を立て直したスフィアが今度こそ杖をウォンゲムに構える。槍の魔弾で串刺《くしざ》しにされたウォンゲムにはもはや為《な》す術《すべ》がなかった。

「我を忘れて熱くなった時点でアンタの負けよ！」

「貴様が言うなあああッ！」

　そう心の底から叫ぶウォンゲムを、スフィアは【ハイルフレア】で塵《ちり》一つ残らず焼却した。

エピローグ

あれから数日が経過し、ケウドは後遺症が残りつつも授業を受けられるまで回復していた。

ルータスから謝罪を受けたり、どうして急に休んだのかクラスメイトに質問攻めにされたりして誤魔化《ごまか》すのに大変だったが、なんとか過ごしている。学院も偽造された書類でアンデットに侵入されていた件が問題にされて、対策を講じているようだ。

本当はスフィアがウォンゲムを倒したことを公表したかったが、夢の中で魔王軍幹部を倒したと説明されても説得力が欠ける上、彼女が呪縛者《じゅばくしゃ》だと広まれば狙《ねら》われるリスクが上がるとシャムエルに言われて結局断念した。

スフィアは直近に無断で学院を休んでいたからか、欠席してもサボったようにしか思われず、特に騒ぎにはならなかったのがなんとも悲しい。

「ああ良かった。やっと目を覚ましたか」

保健室のカーテンの仕切りを開けて、スフィアが目を覚ましているのを見てケウドは大きく胸をなで下ろした。

よほど頭の傷が深かったのか、ウォンゲムを倒してもなぜかスフィアがしばらく寝た切りだったので心配していたが、保健医のクレメディ養護教諭に彼女が目を覚ましたと知らせを受けてケウドは駆けつけて来たのである。

一方でスフィアはベッドから上体を起こして、そんなケウドが心配していたことなど興味がないように大きくあくびをしていた。

「ふあーあ。そりゃ目を覚ますでしょ。しっかし、ずいぶんとろくでもない夢を見ていた気がするわ。アンタがヴェルヘミアの国民を虐殺《ぎゃくさつ》するとか言い出した時は、私も流石《さすが》に血の気が引いたわよ」

「言ってねえッ！　なすりつけんな！」

そうツッコミながらもこれだけ軽口を叩《たた》けるなら大丈夫だろうと、ケウドは心の底から安堵《あんど》した。

（本当に……良かった。起きた途端《とたん》に「ウケケケケッ！」とか笑い出さなくて……）

下手したら術式を見た時よりも寝込むところだった。いくら普段からウケを狙っていても、虐殺暴君ウケケケはお呼びでないのだ。

やはり夢で見せたあの虐殺暴君のような振る舞いは演技だったのだろう。

だがその演技があまりにも真に迫りすぎて、最初はケウドもスフィアが正気を失ったのだと絶望し、魔弾で急に自分の身体《からだ》を吹き飛ばされた時は死を覚悟していた。

それでも、全身が鞭《むち》打ちで済んだことからスフィアの意図を考え、自分を道化のように吹き飛ばすことで逆転道化の効力を上げるつもりだという答えにたどり着けたのだ。

スフィアのあの異常な爆笑も、ケウドが宙に浮かせた魔弾をウォンゲムに気づかれないように注意を引きつけたのだと考えれば説明がつく。おかげで最高のタイミングで不意を突くことができた。

しかし、ウォンゲムは父を騙《かた》り、ケウドが道化として、スフィアは非道な極悪人《ごくあくにん》のように演じる様《さま》はさながら役者のごとく、劇場のようだった。

夢の中で誰もが本来の自分とは違う姿を演じていた。あの立場や形勢が一気にひっくり返る展開は逆転劇と呼ぶにふさわしいかもしれない。

そうケウドがしみじみ思い返していると、保健室の窓際から猫姿のシャムエルが姿を現した。

「にゃあ」

「お、シャムも見舞いに来たのか」

なんだかんだ文句を言いつつも心配していたんだなあと、ケウドはほっこりとしたが、

「ガルルルルルルっ！」

「ええ……」

スフィアがシャムエルの姿を見た途端に唸《うな》り声を上げて威嚇《いかく》し始めたのでケウドは困惑《こんわく》した。

それにつられるようにシャムエルは「シャアアアッ！」と威嚇し返し、スフィアに飛びかかった。

「ちょっ、ぎゃあああああッ！」

悲鳴が上がる。

シャムエルはスフィアの腕に噛《か》みついた後、保健室から廊下に逃げて行った。

「こ、こんな重傷負ってるのにさらに傷を負わせてくるなんて、どんなしつけしてんのよ！」

スフィアがかなりキレながら睨《にら》んでくる。

どうやら彼女は夢幻世界でケウドが重傷を負った中、さらに傷を負わせたことなどまったく覚えていないようだ。

一方でケウドはシャムエルの意図がちゃんとわかっていた。

「いやよく腕の傷を見てみろよ」

「え？」

そうスフィアがきょとんと噛まれた腕を見ると、傷口が徐々《じょじょ》に文字のように変わり、『王子を助けてくれてありがとう』と感謝の言葉が赤く刻《きざ》まれていた。

「アイツ……ったく素直に礼も言えないんだから。しゃあねえ許してやるか……ってなるか！　誤魔化されるか！　どこ行きやがったあのクソ猫！　皮剝《は》ぎ取って絨毯《じゅうたん》にしてやる！」

ぎゃあぎゃあ騒ぐスフィアを見て本当に元気になったとケウドは安心しつつも、ずっと一つ気になっていたことがあった。

「夢の中にまで助けに来てくれたお前には俺も本当に頭が上がらないんだが……一つ訊《き》いてもいいか？」

「なによ」

「お前……どうやって夢の中で無双《むそう》できたんだ？　端《はた》から見た限りじゃ悪態《あくたい》強化の呪縛の効力

も薄かったし、正直ウォンゲムやガードウルフの攻撃を凌《しの》げると思えなかったんだけど……」

しかもガードウルフに至《いた》っては瞬殺だ。流石にそんな都合良くいきなり覚醒《かくせい》して凄《すご》い力を手に入れられるとは、ケウドも信じられなかったのだ。

「ん、ちょっと待って。ガードウルフって誰よ」

だからそう首を傾《かし》げるスフィアを見て、ケウドは背筋《せすじ》が凍った。

夢で彼女がそう言っていた時は、ウォンゲムを煽《あお》るためにわざととぼけたフリをしているのだと思っていた。

だが、もしそうではなかったとしたら。

「ま、まさかお前……自分の記憶を消したのか」

おそるおそる尋《たず》ねるケウドに、スフィアは胸を張って自慢げに答えた。

「よくわかったわね。記憶を完全に消したせいで両親が夢にすら出ないって嘆いてたけど、裏を返せば、情報がなければ私の夢で存在できないと思ったの。ウォンゲムが夢から生み出した攻撃を片っ端から記憶から完全に抹消《まっしょう》する気だったけど、その分だと見事に消えていたようね」

そうドヤ顔で笑みを浮かべるスフィアにケウドは呆然《ぼうぜん》とした。

見事に消えていたようね、と笑い話にできる話ではない。むしろケウドの表情まで消えた。

どうしてスフィアに向けた葉や枝だけでなく、森全体まで消えたのか疑問だったが、どうやら彼女は木の概念ごと記憶から抹消していたらしい。

（まさか……本当にうるさいと思って私を吹き飛ばしたんじゃ……）

ケウドはずっと逆転道化の呪縛を生かすために自分を吹き飛ばしたのだと思っていたが、あれは単にスフィアが忘却消除《しょうじょ》の魔法を頭に使っていると勘《かん》づかれたくなくて、迂闊《うかつ》に頭の話題を出したケウドを強引に黙らせただけだったのかもしれない。

「お、お前……もうその忘却消除の魔法は使わないって誓《ちか》ってたじゃねえか」

「誓ってたっけ？　ごめん刹那《せつな》で忘れちゃった」

ケロッとした顔のスフィアにケウドはげっそりした。

ウォンゲムが我を忘れて負けたのなら、スフィアは我を忘れたから勝てたのだから皮肉なものだ。ウォンゲムも馬鹿《ばか》の一つ覚えと煽った後に、彼女が一つも覚えない馬鹿になっていったとはまさしく夢にも思わなかっただろう。

スフィアの両親を忘れた罪は仇《かたき》への罰《ばつ》に変わり、あの日の失敗は確かに次に生きたのだ。

それでもケウドの不安は晴れなかった。

忘却消除の魔法は頭に直接触れなければ唱《とな》えられない。

杖《つえ》を頭に向けていなかったことを考えても、おそらくスフィアは手で頭の血を抑えた時や呆《あき》れて額《ひたい》に手を当てる仕草《しぐさ》をしていた時に無詠唱《むえいしょう》で唱えていたのだろう。

そのことを悟られないようにおかしくなったように振る舞い、あたかも杖で森を消滅させたようにウォンゲムの意識を誘導した手腕は称賛に値《あたい》する。

だが、どう考えてもその方法には一つ大きな問題がある。

「お前……頭大丈夫か？」

「は？　ぶっ殺すわよ？」

そうギロリと睨まれて、失言に気づいたケウドは慌《あわ》てて弁明した。

「わ、悪いダイレクトすぎた。そうじゃなくてお前、杖なしの無詠唱で忘却消除の魔法を使ったんだろ？　そんな綺麗《きれい》に夢の中に出た事柄だけ忘れられたのかちょっと心配に……」

「…………」

スフィアに露骨《ろこつ》に目を逸《そ》らされ、ケウドはますます嫌な予感が膨《ふく》らんでいった。

「おい……ヴェルヘミアの王子の名前を誰か一人挙げられるか？」

「……ヴェルヘミア？」

きょとんと首を傾げるスフィアに、ケウドは流石に言葉を失った。

「そこから⁉　まさか俺の名前も忘れたんじゃ……」

「バカね、忘れるわけないじゃない。ゴンザレス」

「誰だあああああぁ！」

ケウドは思わず両手で頭を抱えて叫んだまま素《す》で崩《くず》れ落ちた。

どうやら炎だけでなく忘却も雑だったらしい。

全然大丈夫ではない。記憶に明らかに深刻な支障をきたしている。

先の虐殺宣言も誰が言ったのか忘れたからこそ、勝手にケウドが言ったものだと思い込んだのだろう。

（また……私のせいで……）

罪の意識がケウドを激しく襲《おそ》う。身を犠牲《ぎせい》にしてでも助けようとしたのに、身を犠牲にして助けられるなど道化にもほどがある。

そう酷《ひど》いショックを受けて立ち上がれないでいるケウドを見て、スフィアが呆れたように鼻を鳴らした。

「まあ安心しなさいよ。私の灰色《はいいろ》の脳細胞が多少灰と化しただけでたいしたことじゃないから」

「どこが……どう考えてもたいしたことだろ。お前が俺に身につけろってバカにした常識すら忘れてるんだぞ……！」

森での『討伐術《とうばつ》』の試験の時。ケウドが王子の名も挙げられないフリをしていた時、スフィアは心底軽蔑《しんそこけいべつ》した眼差《まなざ》しを浮かべていた。

その立場に落ちぶれたとなれば、どう考えても耐えがたい屈辱《くつじょく》のはず。絶望に嘆《なげ》いて罵声《ばせい》が飛んでもおかしくないのに、どうして平然としていられるのかケウドにはわからなかった。

「本当にたいしたことじゃないわ。別に知識なんて時間をかければいくらでも取り戻せる。でもアンタの存在は失ったら取り戻せないでしょ」

「え……？」

「それに忘れていても気づいていないだけで、勝手に身についていることもあるわ。私のリボンのようにね。私が何もかも忘れてしまったのだとしても、もちろんアンタはこれからも勝手に私のそばについてきてくれるんでしょ？」

そう当然のように告げられて、ケウドは言葉が出なくなった。

(そばにいても……いいのだろうか)

ただでさえ負い目があったのに、ここまで酷い記憶の欠損《けっそん》をさせてはもう会わせる顔がなく、一生かけても償《つぐな》いきれない罪悪感に囚《とら》われると思っていた。

だが、いつかの日のようにまた簡単に救われてしまった。

呪縛《じゅばく》に蝕《むしば》まれても記憶を失っても、やはり彼女の在《あ》り方は美しく、人を幸せにする魔法のようだったのだ。


(……なにか恥《は》ずかしいことを言ってしまった気がします)

ケウドがフリーズして動かなくなっているのを見て、次第《しだい》にスフィアの顔は紅潮《こうちょう》していた。

あまりに彼が落ち込んでいたので励《はげ》まそうとしたのだが、悪態をできる限り抑えようと意識したせいか、言葉が、いや想いが割とストレートに出てしまったのだ。

すると、ケウドが我に返ったのか、柔らかい表情を浮かべて顔を上げていた。

「ああ、もちろん。私は君のそばにいたいからな」

ケウドのその屈託《くったく》のない笑みを見て、一瞬スフィアは頭の中が真っ白になった。

正面からここまで純粋に好意を伝えられることに慣れてなく、どう対処すればいいのかわからなかったのである。

（な、ななな、なんて返事をすれば……）

スフィアの心中は完全にパニックになったが、結局呪縛に身を任せて逃げることにした。

「その恭《うやうや》しい喋《しゃべ》り方やめろって言ってるでしょ。あんまりしつこいとアンタのこと忘れるわよ？　勝手について来てくれるってわかったなら、もう別にアンタのことはいつでも全部忘れられるんだからね」

「やめてください……」

あまりにも薄情に突き放す言葉に、ケウドは悲愴《ひそう》感を漂わせながら俯《うつむ》いていた。いつもの空気に戻ったことにスフィアはほっとして話題を変える。

「まあともかく仇も取ったし、これで顔も浮かばない私のご両親も浮かばれたでしょうね」

そう皮肉げにスフィアが笑っていると、ケウドが丸いペンダントを渡してきた。

「なにこれ」

「気づいてないのか？　今日はお前の誕生日だろ。まさか誕生日も忘れたんじゃ……？」

「いやそれは覚えてたけど……これは……」

ペンダントを開けると、中にはスフィアと二人の大人が一緒にいる精巧《せいこう》な絵が描かれていた。

「有名な画家に頼んで描いてもらったんだ。お前の両親とも昔、親交があったようで、快く了承してくれたよ」

「じゃあ……これが私の両親……」

自宅の屋敷にはカストディがスフィアの両親に関する物を置かないようにしていたため、スフィアが実際に二人の顔を見るのはこれが初めてだった。

しばらくスフィアが見入っているのを見て、ケウドがニッと笑った。

「どうだ？　気に入ってくれたか？」

（はい……とても、とても嬉《うれ》しいです）

スフィアは素直に感謝を伝えるつもりだった。

さっきは呪縛に任せて逃げてしまったが、今は絶対に自分の言葉で伝えたかったのだ。

だが、スフィアは一番肝心《かんじん》なことを忘れていた。

これは悪態強化。素直に礼など言えるわけがない。

現《いま》にそんな都合良く利用するような甘えは許さないと言わんばかりに、呪縛でスフィアはふんと忌々《いまいま》しげに鼻を鳴らしていた。

「まさか。心底失望したわ」

「え」

「今日は私の両親の命日よ？　遺影に私の姿を混ぜたものを渡すなんて……アンタは遠回しに私も死ねって言いたいんでしょ」

「違う違う違うなんでそうなる！」

（違います違います違います！　なんでそうなりますか！）

そう激しく動揺しながら両手を振るケウドに、必死に訂正《ていせい》しようとする内心に構わず、スフイアは断罪するように指を突きつけた。

「私の物忘れなんてまだ可愛《かわい》い方だわ。アンタこそ人の心を忘れた醜悪《しゅうあく》なモンスターよ！」

「…………」

愕然《がくぜん》と表情を曇《くも》らせてうなだれるケウド。

言わずもがな本当にショックなようで、放心して魂《たましい》が今にも抜け落ちてしまいそうだった。

（お願いですお願いですお願いですお願いです本当にお願いですから、修正してください！）

いくら勝手な罵倒《ばとう》に慣れてきたとはいえ、これは流石にあんまりである。

そんな切なる修正要望が通じたのか、雑にオーダーしたのが非常にまずかったのか。

醜悪なモンスターと例《たと》えた時点で、憧《あこが》れた物語のごとくオチは決まってしまっていたのかもしれない。

「だから……私が人間に戻してあげる」

取り乱した内心をあざ笑うかのように、スフィアの唇《くちびる》はケウドに重ねられていた。

あとがき

はじめましてこんにちは。一ノ瀬《いちのせ》　乃一《のいち》です。

この『無双道化と忘却少女～以下略』の作品は『集英社ライトノベル新人賞　第十二回ＩＰ小説部門＃3』で入選した『道化の無双は笑えない』を改題して、一巻分にしたものになります。

正直にいえば、未《いま》だに受賞した実感が湧《わ》きません。

現に受賞した時、私は喜ぶ前にうなされていました。

経緯《いきさつ》から言えば、『ＩＰ小説部門＃1』の時に「キジンフリード～以下略」という作品で応募したのがきっかけです。

その作品は長編の序盤を切り取って応募したため、展開が比較的地味な方だったのですが、それでも初めて二次選考まで通ったので、

「これ……規定枚数に合わせて面白《おもしろ》くすればいけるのでは……？」

と思い上がり、私は卑劣《ひれつ》な発想に思い至《いた》りました。

『ＩＰ小説賞』の規定枚数は（縦書き42字×34行）の二十枚以内。

　要するに序盤の風呂敷《ふろしき》だけ面白く広げて、後は放り投げることが可能なのです。

　もちろん悩みました。あたかもこの先に面白い展開があるように見せておいて、実は何も考えていないなど許されるのかと。

「序盤だけの賞とはいえ、やっぱりある程度先の展望は考えた方が……」

　そう反省していた時に、新人賞のサイトページで私は見てしまったのです。

　ＩＰ小説賞の漫画で「知の精霊」と称されるあの『Ｄ右衛門』が、二万文字も書いていなくても、

「大丈夫！」

「〝気軽〟に応募できるよ！」と強調しているのを。

（アンタほどの精霊がそういうのなら……）

　そうしてその悪魔の囁《ささや》きに、Ｄの意思に私は乗ってしまったのです。

　そこから生まれたのが『道化の無双は笑えない』でした。

　選考委員である新木《あらき》先生の寸評や総評を分析し、キャラを立てて「面白そう」を重視して書き上げました。

　もちろん風呂敷を広げているだけなので、ケウドがなぜ王子なのに学院で道化のフリをしているのか、呪縛書《じゅばくしょ》はどうやって手に入れたのか、などなどは当時は特に考えてません。本当に面白そうだけを重視したのです。

　そして、タイトル回収を執拗《しつよう》に作中で擦《こす》り、最後の文を「道化の無双は笑えない」で締めて

「ターンッ！」とエンターキーを押した時、

「はい賞取った！」と私は笑ってうぬぼれました。

実際、それで応募して二次選考を通過した時までは私もウキウキでした。

しかし、三次選考を通った時、私は真顔《まがお》で冷や汗《あせ》が噴《ふ》き出ていました。

あまりにもうまくできすぎていて、恐怖を覚えたのです。もはや笑えませんでした。

それでもネットでたいていラノベの受賞の連絡は、受賞発表日の一カ月前とか二週間前と書いてあったのを見て、その期間を過ぎた時に、

「これで……良かったんだ……」

と残念に思いつつも悪は滅びたと安心しました。

当時のＩＰ小説賞の発表は二十日に行われていて、前日の十九日にもなると流石《さすが》にもう連絡は来ないだろうと楽観的でした。

しかし、ＩＰ小説賞はスパンが短い賞。一カ月前に連絡が来るはずがなかったのです。

久しぶりにメールをチェックした時、既《すで》に数日前に編集さんから受賞の連絡が来ていて私は呆然《ぼうぜん》としました。

突然の不意打ちによろめきながら新人賞サイトを確認すると、まさかの今回に限って三日も早い十七日発表。つまり、先に受賞を知るはずが、サイトを見ていた皆さんより後に私は知ったのです。

喜ぶタイミングを逃した私は、連絡をすっぽかした罪悪感と様々な申し訳なさに襲《おそ》われて布

団に包《くる》まりました。そして、編集さんに謝罪して連絡を取った後、お会いするまでにぶん投げたこの先の展開を死ぬ気で考える日々が、こうして始まったのです……

とまあ、八割事実で二割フィクションの話でした。

「なんで王子が道化のフリなんてしてんだよ。王族の責務を果たせよ……」と呪《のろ》いながら理由を一生懸命考えていたので、作中のキャラ描写にリアリティがあるかもしれません。

正直、一巻の完成まで懺悔《ざんげ》したくなることが多いです。

特に担当編集さんには頭が上がりません。「初稿はいつごろできる見込みですか？」と訊《き》かれて「三月ごろですかね……」と答えておいて、結果できたのは七月半ばでしたからね。

本当にこの作品が『悪態《あくたい》強化』の呪縛書になって、編集さんの態度が豹変《ひょうへん》するのではないかとビクビクするほど、締め切りを何度も延《の》ばして迷惑をかけました。本当に申し訳ありません。呪われずに見捨てないでくださったことに感謝しかないです。

「こんなド素人《しろうと》作家のくせに締め切りもろくに守れねえ奴《やつ》は、ド素人イラストレーターの経験を積む練習台がお似合いだーッ！」と、そんな扱いになるだろうと思っていただけに、伊藤宗《いとうそう》一《いち》さんという、すごく絵の上手《うま》いベテランの方にイラストを描いていただけたのは七不思議の一つでした。いや自分は感謝しかないですがなぜ成立を……？

こんな私めを拾ってくださったＩＰ小説賞の編集部や新木先生にも感謝を。多分、この賞がなければ自分が作家になることはなかったでしょう。校正さんにもたくさん直していただいて助けられました。きっかけのD右衛門にも感謝です。
ここまで読んでくださった読者の皆様もありがとうございます。
またお会いできる日があれば。では！

一ノ瀬乃一

ダッシュエックス文庫

無双道化と忘却少女
～ふざけた愚か者が笑われた時、最強の逆転劇は始まる～

一ノ瀬乃一

2025年1月29日　第1刷発行

★定価はカバーに表示してあります

発行者　瓶子吉久
発行所　株式会社　集英社
〒101−8050　東京都千代田区一ツ橋2−5−10
03(3230)6229(編集)
03(3230)6393(販売／書店専用) 03(3230)6080(読者係)
印刷所　株式会社美松堂／中央精版印刷株式会社
編集協力　蜂須賀隆介

ISBN978-4-08-631585-2 C0193